KB058564

그럴 때 우린 이 노랠 듣지

20세기 틴에이저를 위한
클래식 K-POP

그럴 때 우린 이 노랠 듣지

조윤경 지음

CD나 카세트테이프를 사면, 꼭 가사지를 꺼내 읽었다. 거기
엔 한껏 멋 부린 포즈의 가수 사진이 있었고, 고마운 사람에
게 적어 보내는 편지가 있었으며, 앨범이 나오기까지 힘쓴
이들의 이름이 있었다. 내 가수와 함께한 사람들이 이들이구
나, 살피며 그들과 내적 친밀감을 쌓곤 했다. 수많은 팬에게
작가 역시 그럴 것이다. 이 책은 꾸준히 활약한 한 작사가의
성장담이자, 1980년대생의 집단 추억팔이이자, K-POP 고인
물이 세상에 비추는 영롱한 물빛이다.

그 시절 범박한 이름의 '가요'가 지금의 'K-POP'이 되기까
지, 숱한 존재가 가사지 위를 스쳤을 것이다. 그중에는 현재
진행형 전설도 있고, 지금까지 영향을 미치는 위대한 옛 가수

도 있고, 한때 반짝였다 사라진 이름도 있다. 명멸을 거듭한 소속사, 작곡가, 작사가, 편곡자, 엔지니어까지. 절정에 다다른 K-POP의 위상에, 가사지 속 이름들이 해낸 크고 작은 몫이 있다. 그리고 무엇보다 그 가사지를 펼쳐 읽던 팬이 있다. 기억을 공유하고 멜로디로 하나 되던 우리가 있다. 조윤경의 글은 우리를 호명해 그때 그 노래를 듣게 하고, 우리가 보낸 한 시절을 아름답게 만든다. "너를 닮아가는 내 모습을 지켜봐" 달라던 우리가, 서로 닮은 모습을 한 채 조윤경의 글을 읽는다. 이것이야말로, "천년이 지나도 변치 않을 사랑"이다.

— 서효인, 《아무튼, 인기가요》의 저자

"아~ 한국 노래 왜 들어, 촌스럽게." 저렇게 유세 떨던 시절이 있었다. 256메가바이트 MP3 안에 든 음악을 패션처럼 여기던. 또래와는 다르게 바다 건너 음악을 듣는다는 것에 우쭐대던. 그러나 채 두 달도 되지 않아 내 MP3는 금세 국산으로 가득 찼다. 소녀시대로 첫 팬질을 개시하고, 아이유와 결혼까지 생각한 건 비밀이다.

1세대 아이돌 소녀팬 출신인 작가와 94년생 허세 리스너인 나 사이엔 공통점이 있다. 좋아했던 노래들과 내 모습이 무척 닮았다는 것. 작사가의 프로다운 모습과 '찐팬'의 순수

한 모습이 한데 담긴 이 책에서 작품으로서의 K-POP, 절친으로서의 K-POP 모두를 만날 수 있어 기뻤다. 그리고 새삼 깨달았다. 만약 내 삶에도 BGM이라는 게 있다면, 그건 결코 '힙'하고 '마니악'한 노래는 아닐 거라고. 번화가 휴대폰 매장 앞에서, 좋아했던 여자애 미니홈피에서, 목청껏 질러대던 노래방에서 밤낮없이 흘러나오던 익숙한 그때 그 노래일 거라고.

— 김정현, 매거진 《BGM》의 에디터

BTS와 블랙핑크가 세계에서 가장 인기 있는 그룹으로 불리며 이제 K-POP은 글로벌 청년 문화의 중심으로 떠올랐다. 하지만 그 거대한 물결이 별안간에 찾아온 것은 아니다. 90년대 중반을 지나 세기말에 이르기까지 한국 대중음악은 아이돌 팝, R&B, 힙합 등 다양한 장르가 뒤섞이며 그 어느 때보다 흥미로운 신으로 변모했고, 그로부터 우리가 아는 K-POP의 모든 실마리가 제시되었다. K-POP 세대를 대표하는 가장 성공적인 작사가 조윤경이 돌아보는 그 시절 대중가요의 '주머니 속 역사'를 통해, 오늘의 K-POP은 새로운 맥락과 의미를 획득하게 되었다.

— 김영대, 음악평론가

빨주노초파남보. 작가는 하나의 색으로 정의할 수 없는 오묘하고 작은 추억을 한데 모아, 가사라는 바늘로 한 코 한 코 정성스레 꿰어냈다. 가사 비책을 담아낸 그 어떤 글보다도, 내가 왜 가사를 쓰고 싶었는지에 대해 명확하게 답해주는 책.

— **박그린, 작사가** (아이린&슬기 <Jelly> 외 다수)

빠순이에서 덕후로, 카세트테이프에서 스마트폰으로. 세월이 흐르고 세대는 바뀌었지만 마음만은 이름도, 형태도 변하지 않는다. 누군가의 팬으로 살아본 적이 있다면 온 마음으로 공감할 이야기가 이 책에 가득하다. 쉬는 시간마다 좋아하는 OPPA 이야기로 수다 떨고, 6공 다이어리 꾸미고, 천 원씩 모아서 노래방에 가던. 작가 덕분에 그때 그 시절이 더욱 사랑스럽게 기억될 것 같다.

— **이이진, 작사가** (태연 <품(Heart)>, 백현 <Underwater> 외 다수)

노래는 시간을 불러오는 힘이 있다. 그리고 가사는 장면을 보여주는 힘이 있다. 읽는 내내 책 속의 활자들이 노랫말처럼 보이는 신비한 느낌을 받았다. 타임머신을 타고 과거로 간 듯한 기분을 느끼며, 노래라는 매개체는 시간을 기록한다는 사실을 다시 한번 깨달았다. K-POP의 역사적인 장면에 빠질 수 없다고 생각하는 리스너라면, 이 책에 빠져들지 않을 수 없을 것.

— **정하리, 작사가** (NCT DREAM <BEATBOX>, 효연 <SECOND (Feat. BIBI)> 외 다수)

작사 팀 danke (BTS의 <Filter>, NCT127의 <영웅 (英雄; Kick It)> 외 다수)

같은 노래를 듣고 자란 보람과 기쁨이 이런 걸까? 오래된 노래 제목으로 시작하는 페이지 몇 장을 넘기니 친구의 일기장이 펼쳐졌다. 추억여행은 유쾌하기도, 뭉클하기도, 미처 생각지 못한 숙제를 각성시키기도 했다. 여전히 같은 노래를 듣고 있는 우리가, 훗날 어떤 이야기를 나눌지 기대된다.

— **김수빈, 작사가** (danke 1)

조윤경 작가와 나누는 이야기들은 늘 흥미롭다. 특히 일에서 벗어나 '노래' 자체에 빠져들어 함께 키득거리는 시간은, 정말 소중하다. 그때마다 한껏 익살스러워지는 작가의 표정이 있는데, 마치 그 얼굴이 글자가 된 듯한 느낌이었다. 레코드숍에서 서성이다 나와 싸이월드를 꾸미고, 떡볶이를 나눠 먹던 날의 기분처럼, 아주 다정하고 그립고 맛있는 책이다.

— **박우현, 작사가** (danke 2)

조윤경 작가를 보며 늘 감탄한다. 데뷔한 지 20년이 지났는 데도 그의 감은 왜 낡지 않을까? 그 감의 원천은 다름 아닌 'LOVE'였음을 깨닫는다. 열렬한 아이돌 신봉자였던 20세기 소녀가 손꼽는 창작자가 된 배경에는 OPPA를 향한 순도 높은 애정이 있었다. 그런 의미에서 이 책은 K-POP 위키백과 이자, 그 시절 '팬질'을 엿볼 수 있는 유서 깊은 사료다. 읽다 보니 새삼 되새기게 된다. 관념적 '오빠'가 존재하는 한, 우리 는 영원히 나이 들지 않는다는 사실을.

— **이희주, 작사가** (danke 3)

K-POP 혁명의 서막

그 겨울의 나는, 정말이지 '짱 센 존재'가 된 것 같은 기분이었다. 중학교 입학을 앞둔 초등학교 6학년 겨울방학, 본격적인 중학생 준비를 위해 학원의 예비 중1반에 들어갔다. 초등학교에서 가장 강력한 권력의 맛을 누리다가 미지의 영역에 입성하게 된 아이들 사이에서는 소문이 하나 돌고 있었다. "6학년이 귀 뚫고 다니면 ○○중학교 언니들한테 잡혀간대." 지금 떠올려 보면 출처도 굉장히 불분명했던 거 같다. 초등학교를 졸업한 다음 중학교에 입학하기까지는 6개

월도 채 되지 않는 시간이다. 그 사이에 무슨 일이 벌어지기에 그런 말이 떠돌았을까? 출처를 알 수 없는 그 소문에 '대체 왜? 누가?' 같은 합리적 의심을 가진 또래 여자아이는 딱히 없었다.

아무튼, 머지않아 나도 그 언니들 나이의 '중학생'이 되는 것이었다. 그 무렵 또 아이들 사이에서 중요한 이슈 중 하나는 '3년 동안 입을 교복을 어느 브랜드에서 맞출 것인가'였다. '내가 좋아하는 오빠들이 광고 모델인 브랜드와 부모님이 구매하려는 브랜드가 맞아떨어지는가?'는 어른들이 상상하는 것 그 이상으로 중요한 문제였다. 나는 우리 오빠들 브로마이드가 갖고 싶은데, 엄마가 다른 오빠들이 모델인 브랜드를 마음에 두고 있으면 어쩌겠는가. 이는 3년간 돌이킬 수 없는 재앙이었다.

까짓거, 같은 문제에 닥친 친구를 섭외해 브로마이드만 바꾸면 되는 것 아니냐고 생각할 수도 있다. 그러나 그 시절 '내 오빠'를 품어 본 또래라면 알 것이다. 이는 그렇게 호락호락한 문제가 아니라는 것을. 우리 오빠들을 좋아하는 내가, 오빠들이 모델이 아닌 브랜드 교복을 3년이나 입는다는 것. 이는 내 팬심의 정통성에 정면으로 위배되는 수치스러운 행위였다. 중학교 준비란 그뿐만이 아니다. 이는 미지의 공간인 중학교에 첫발을 딛는 나의 이상과 망상과 부모님의 현실, 이 모든 것의 간극을 약 두어 달에 걸친 타협과 협상으로 메워가야 하는 기간이기도 하다. 지금 생각해 보면 조금 더 앙칼지게 내 주장을 세워보지 못한 것이 참으로 아쉽다. 어리다는 핑계로 막살 수 있는 황금 같은 시기였는데… 눈치껏 말 잘 듣는 K-장녀는 이래서 안 된다.

시간은 빠르게 흘러 중학교에 입학하기 일주일 전. 학원에 갔다가 집에 돌아와 보니 아빠의 중학교 입학 선물이 책장 한쪽에 세팅되어 있었다. 젊은 시절 LP 좀 모아 본 아빠가 고른, 브랜드 오디오 세트였다. 자그마치 3개의 구조물로 되어 있던 그 오디오 세트는 양쪽에 큰 스피커가 하나씩 달려 있었다. 가운데에는 CD와 카세트테이프를 넣을 수 있는 투입구와 멋진 액정도 있었다. 솔직히 말하면 나는 당시에 유행하던 스포츠 브랜드의 노란색 책가방을 갖고 싶었다. 내 중학교 책가방은 반드시 그것이어야 한다고 생각했다. 야무지게 모델까지 골라놓은 뒤, 중학교 올라갈 때 이

가방을 입학 선물로 사주면 안 되겠냐고 큰맘 먹고 용기 내어 엄마에게 물어봤으나 보기 좋게 거절당했다. 학생용 책가방으로는 가격이 비싸다는 것, 브랜드 가방을 메고 다니면 비행 청소년들의 표적이 될 수도 있다는 것이 이유였다. 지금도 그 이유들이 또렷이 생각나는 걸 보면 분명 많이 서운했던 것 같다. 하지만 부모님은 비싸다던 책가방보다 몇 배는 더 값비싼 선물을 내게 사주셨다. 이 브랜드가 어떤 점이 좋은지, 중학교 가는 거랑 음향기기가 무슨 상관인지는 잘 모르겠지만 하여간 큰 책장 한 칸을 꽉 채울 만큼 큰 오디오 세트였다. 아빠는 이 오디오가 가진 장점에 대해 꽤나 오랜 시간을 들여 설명해 줬는데, 좀처럼 잘 기억이 나지 않는다. 내가 꿈꾸던 멋진 중학생 언니 모습이 될 수 없어 아쉬움만 가득했을 뿐. 그런데 그때! 갖지 못한 책가방에 대한 나의 서운함을 사알짝 녹여줄 기능이 하나 숨어 있었다! 바로 오디오에 내장된 알. 람. 기. 능. 나의 하루를 내가 설정한 오빠들 노래로 시작할 수 있다니! 이것은 분명 혁명이었다.

CHAPTER 2
새천년 코리안 보이후드

CHAPTER 3
넘쳐나는 이별 인구의 스트리밍

CHAPTER 4
너희가 힙합을 아느냐

일러두기

- 온라인 커뮤니티 이용자들의 말씨를 그대로 옮겨놓았기에 어법, 문법에 맞지 않는 표현이 등장할 수 있습니다.
- 노래 제목, 가수 이름, 가사는 음원 사이트에 명시된 것을 기준으로 적었습니다.
- 인터넷 용어, 줄임말, 당시에 쓰인 어휘들에 대한 이해를 돕고자 국립국어원 우리 말샘, 위키피디아, 포털 사이트 어학사전, 작가의 덧말을 참고해 주를 달았습니다.
- 개인의 기억에 다소 의지한 내용으로, 사실과 다를 수 있습니다.

너를 닮아가는 내 모습 지켜봐 줘

···

I'm Your Girl ♥
S.E.S.

◄◄ ▶ ►►

너를 닮아가는 내 모습 지켜봐 줘

Stay with me Last forever

···라고 언니들이 말했는데. 거울 속 나에게서는 S.E.S. 언니들과 닮은 구석을 도무지 찾을 수 없었다. 뭐 굳이 따지자면 생물학적으로 사람이고 여자인 것 정도? 한창 외모에 관심 많을 나이에, 세상에서 제일 예쁜 언니들에게 느껴버린 격하디격한 Crush! '질풍노도의 시기', '중2병' 등의 단어로

설명되곤 하는 시기에 '걸그룹' 어택을 정통으로 맞아버린 거다. 대부분의 평범한 여자아이들이 그렇듯, 꾸미는 방법을 제일 모를 시기라 생애 가장 못생긴 상태로 보내게 되는 3년. 당시 TV 속 S.E.S. 언니들은 카리스마 그 자체였고, 미의 여신이었으며, 사랑스러웠다. 당시의 내 외모를 떠올려보자면… 일단 지독한 곱슬머리. 휴우… 정말 이 유전자만큼은 지금도 아빠한테 할 말이 많은데! 그땐 '매직 스트레이트'라는 것이 나오기도 전이라 정말이지 머리카락 한 올 한 올이 태초의 곱슬을 역력히 뽐내고 있었다. 여기다가 이제 미션스쿨의 빡빡한 교칙이 보태진다. 당시 표현으로 '상고머리'라고 불리던 귀밑 3센티미터의 짧은 단발 또는 커트머리. 교칙은 이 머리만 허용했는데 단발은 더 부해 보일까봐 커트를 쳤다. 예상하는 대로 그것은 좋은 선택이 아니었다. 그리고 안경! 매우 안경! 왼쪽 마이너스 8.0, 오른쪽 마이너스 5.5인 시력을 교정하기 위해 두꺼운 안경 받고. 치아교정 전! 여기다가 사춘기성 여드름이 방점을 찍는다.

"나만 빼고 애들 다 있다고오!!"

이 소리는. 어떻게 하면 조금이라도 덜 못생겨 보일까를 고민하던 한 중학생이 엄마에게 '클린앤클리어Clean&clear'▶를 사게 해달라고 조르는 소리입니다. 안 그래도 까무잡잡한 피부에 여드름까지 나 버리니(그러고 보니 이것도 부계 유전이다!) 정말 답이 없는 그런 가운데! 클클이 당시 소녀들의 잇it 아이템으로 급부상했다. 왠지 저것만 찍어 바르면 여드름도 다 가려지고 피부톤도 밝아질 것 같은 잘못된 믿음. But! 엄마가 안 된다고 할수록 클클을 향한 나의 열망은 커져만 갔다.

"학생이 무슨 화장이야! 그런 거 바르면 모공 막아서 여드름이 더 심해지지!"
"집에 와서 바로 씻으면 되잖아!"
"그거 바른다고 안 이뻐져."
"그거 바른다고 날라리 안 돼."

▶ 존슨앤드존슨 클린앤클리어에서 출시한 훼어니스 로션과 파우더를 통칭하는 말.

실로 팽팽한 랠리였다. 결국 내 똥고집에 지친 엄마가 한 발 물러났다. 학교 갈 때는 안 되고 주말에 친구 만날 때는 발라도 좋다는 선에서 협상 완료. 그 길로 모아둔 용돈을 들고 아파트 상가에 있던 조그만 화장품 가게로 달려! 달려! 드디어 하얗고 반짝이는 클린앤클리어가 내 손에 들어왔다. 여기서 포인트는 아무 생각 없는 내가 냅다 가장 밝은색을 샀다는 것. 세게 쥐면 망가져 버릴 듯 말랑말랑 폭신폭신한 퍼프를 처음 손에 잡았을 때의 감동이란, 크흐! 훼어니스 로션이 채 스미지도 않은 피부 위에 파우더를 토닥토닥. 어라? 왜 여드름이 그대로 다 보이지? 너무 얇게 발랐나? 그렇다면 묻고 더블로 토닥토닥… 까뭇한 피부 위로 파우더 바른 부분만 점점 더 둥둥 떠올랐지만 일단 얼굴은 환해 보이는 것 같았다! (추가로 체리색 립밤을 같이 써야 함.) 실제 내 꼴이 어떻게 됐든지, 화장이 뜨든지 말든지… 무작정 가슴이 뛰었다. 드디어 S.E.S. 언니들처럼 환하고 뽀샤시한 피부를 가질 수 있게 되었다고 생각하니 그 손바닥만 한 파우더 하나에 세상을 다 가진 듯 행복했다.

1990년대 당시, 나는 '가요톱텐'▶에서 나오는 노래들을 대체로 다 좋아하는 편이었다. 일주일에 단 하루, 가요톱텐 하는 날만큼은 시간 맞춰 TV 앞에 앉기 위해 그날 해야 할 일을 푸다닥푸다닥 미리 끝내 놓았다. 뭐든 미룰 수 있을 때까지 미뤄야 직성이 풀리던 나에게 해야 할 일을 '미리' 한다는 것은 정말이지 대단한 일…. 그렇게 매주 가요톱텐을 빼놓지 않고 애청하는 사이, 내 마음속에는 서서히 취향이라는 것이 싹트기 시작했다. 그 시절에는 그런 개념을 잡아줄 단어가 존재하지 않아서 몰랐던 나의 취향. 바로 내 가슴속 깊은 곳에 자리한 '핑크 블러드'▶▶였다. (실상 나의 본격적인 팬질이 시작된 것은 이보다 먼 미래, 정확히는 신화 오빠들이 데뷔한 지 한참 지나 〈T.O.P〉 활동이 한창이던 때다.) 사실 덕질 전엔 덕질이 뭔지도 몰라 당시 H.O.T.나 S.E.S.를 대하는 나의 마음은 비교적 잔잔하기 그지없었는데, 그럼에도 불구하

▶ 1981년 2월 10일부터 KBS에서 방송되었던 음악 프로그램. 1997년 국제금융기구 구제금융 지원을 받게 되면서 예능 폐지를 이유로 이듬해인 1998년 2월 11일에 종영되었다.

▶▶ SM엔터테인먼트 로고의 시그니처 컬러인 PINK색 피가 흐른다는 뜻. SM 소속 아티스트에 대한 높은 충성도를 표현한 단어다.

고 나의 아이돌 취향은 확실히 한곳을 향해 있었다. 바로 서울 압구정동 SM엔터테인먼트 사옥. 하루가 멀다고 경쟁하듯 새로운 아이돌들이 쏟아져 나왔지만 어떻게 해도 나에게 S.E.S.를 넘어서는 여자 아이돌은 등장하지 않았다.

대대로 SM의 여돌들은 그렇듯 남성 팬들보다 여성 팬들이 많기로 유명했다. 당시 기획자들이 S.E.S.의 데뷔를 준비할 때 여성팬덤을 주요 타깃으로 삼았는지는 알 수 없다. 하지만 갓 데뷔한 S.E.S.는 '너는 내 거란 말이 듣고 싶은' 전형적인 소녀 서사 그리고 실력도 비주얼도 이미 완성형인 컨디션으로 여성팬 몰이에 완벽하게 성공했다. 힙합 사운드와의 인과관계는 모르겠지만 소녀소녀한 멜로디와 가사에 비해 의상은 사뭇 보이시boyish했다. 노출이라곤 찾아볼 수 없는 통 넓은 힙합 스타일. 여기에 안무 동작도 살랑살랑~보다는 촥! 축! 빡! 같은 느낌으로 전에 없던 실력파 이미지를 더했다. 세 멤버가 각기 다른 매력을 뽐내던 완벽한 캐릭터성에 신선한 비주얼까지 더해지니 여덕 ▸▸▸의 심장에 불이 지

▸▸▸ 여자 덕후의 줄임말.

퍼진 건 당연한 일이 아니었나 싶다.

기억하는 한 나는 평생 아침잠이 부족한 1인이었다. 그런 나를 학창 시절 등교 두 시간 전에 벌떡 일어날 수 있게 해준 것이 바로 중학교 입학 선물로 아빠가 사주신 오디오 세트였다. 정확하게는 그 오디오에 들어 있던 알람 기능! 그 기능을 사용하기 위해 나는 매일 밤 내일 아침의 알람송을 선곡하는 DJ가 됐다. 예를 들면 이런 식이다. 비가 오기로 예보되어 있다면 그날은 비와 관련한 가사의 노래로 하루를 시작해야 한다든지. 아까 봤던 가요톱텐에서 어떤 오빠들의 무대가 끝내줬다면, 내일 아침 그 노래로 감동을 이어가야 한다든지. 때때로 부모님과 사회에 반항하고 싶은 기분으로 씩씩거리며 잠이 들 때는 무조건 사회를 비판하는 (a.k.a. SMP▶) 노래를 선곡해야 하는 그런 느낌적인 느낌으로. 꼴에 사춘기라고… 당시에는 작은 것 하나라도 나를 표현하고 싶어 안달이 나 있었다. 거창하게 행위 예술을 한다든지. 가출을 감행하는 식의 극성을 떤 것은 아니었으나 마음속엔

▶ SM Music Performance의 줄임말. SM엔터테인먼트 소속 가수들이 보여 주는 일련의 스타일을 통칭하는 단어.

뭔가가 항시 들끓고 있었다. 지독한 모범생 자아에 사로잡혀 그 치기들을 어떻게 표출해야 할지 도무지 알 수 없었던 나에게 매일의 알람송은 꽤나 적극적인 자기표현이었다. 그렇게 한 번 마음에 물꼬가 트이자 점점 더 많은 곡이 필요했다. 모아둔 용돈의 대부분을 새로 나온 카세트테이프를 구매하는 데 썼고, 그저 책만 가득했던 책장의 한 칸을 아예 비워 앨범을 정리해 두기 시작했다. 책장의 한 칸은 오래지 않아 두 칸이, 금방 세 칸이 됐다. 최애▶▶ 앨범은 때마다 나오는 신보에 맞춰 비교적 자주 바뀌었다. 그런 가운데 S.E.S.의 데뷔곡 〈I'm Your Girl〉은 막연히 '소녀다운' 소녀가 되고 싶었던 나의 오랜 알람송이었다. 덕분에 지금도 이 곡의 전주를 들으면 자고 있지 않은데도 일어나야 할 것 같은 기분이 든다.

나를 믿어주길 바래 함께 있어

Cause I'm your girl Hold me baby (tonight)

▶▶ 최고로 애정하는 멤버/캐릭터를 뜻하는 말.

너를 닮아가는 내 모습 지켜봐 줘

Stay with me last forever yeah

곡의 전체 가사를 정리할 때 가장 힘이 들어가야 하는 부분이 바로 C파트다. 입에도 잘 붙어야 하지만 무엇보다 곡 전체의 주제 의식이 잘 드러나야 하는데, 〈I'm Your Girl〉의 C파트는 교과서라고 해도 될 정도다. 이 파트를 떠올리기만 해도 팔이 먼저 반응하는 큼직큼직한 동선의 포인트 안무로 시각적 각인을 딱! 주고. 거기에 '나를 믿어달라'고, 우리는 '영원히 함께'라고 말하는 지극히 아이돌적인 서사! 더불어 사랑에 빠져 자연스레 서로를 닮아간다는 공감대에 대한 이야기까지 무엇 하나 놓치지 않는다. 물론 중학교 시절에 이런 요소들을 하나하나 분석하면서 듣고 따라 불렀던 것은 아니지만 이른바 '으른'이 되고 보니 그리고 작사가가 직업이 되고 보니 보이는 것들이 있는데, 이 C파트가 바로 그렇다. 단순하면서도 명쾌한. 어느 한 성별에 치우치지 않은 스탠스까지. 이 완벽한 코러스 파트는 곡의 마무리 단계에서 두 번 반복된다.

나를 믿어주길 바래 함께 있어

Cause I'm your girl Hold me baby (tonight)

너를 닮아가는 내 모습 지켜봐 줘

Stay with me last forever

나를 향한 네 모든 걸 간직할게

Cause I'm your girl Hold me baby (tonight)

너를 닮아가는 내 모습 지켜봐 줘

Stay with me last forever yeah

같은 것 같지만 뭔가 다른 느낌적인 느낌느낌. 동일한 두 번의 톱 라인 중 마지막 단에서 딱 한 줄만 변화를 주었는데, 가사를 한 줄 한 줄 들여다보기 전에는 이렇게 변주된 분량이 적다는 것을 느끼지 못했다. 고작 한 줄의 변주로도 단락 전체가 바뀐 듯한 느낌이 드는 것을 보면서, 정말이지 가사를 쓸 때 '한 줄'도 힘이 빠져서는 안 되겠다는 생각을 되새긴다. 여담이지만 내가 쓴 가사가 채택되고 일부 수정 요청이 들어올 때를 보면, 높은 빈도로 조금 할 말이 모자랐거나 쓰면서 아쉬웠던 부분에 체크가 되어 있다. 놓지 말자!
한 줄 한 줄!

　SM에서 나오는 여성 아티스트의 노래, 특히 데뷔곡들을
과거부터 지금에 이르기까지 살펴보면, 전형적·수동적인
여성상을 따르지 않으면서도 소녀의 정체성을 잃지 않는다
는 점이 눈에 띈다. 여기서 놀라운 점은 이런 가사들이 핑크
블러드들에게 이른바 '유영진 아버지'로 불리는 한 남성으
로부터 쓰였다는 건데⋯ 아니! 대체 어떻게 이렇게 찐으로
소녀 시절을 거쳐 온 나보다 소녀 서사를 잘 끌고 가시는지!
게다가 막 '레몬빛 향기'라든가, '오렌지의 향기'라든가 하
는 표현은 어떻게 생각하고 가사에 넣을 생각을 하신 건지?!
처음 들으면 좀 '어⋯라?' 하지만 어느새 중독되고 마는 그
런 가사들 어떻게 쓰신 건지?! (ex. 제껴라 제껴라 제껴라!) 우
연히라도 뵙게 된다면 인생의 대부분을 습덕▶으로 보낸 팬
의 입장에서 '아버지이!!!' 하고 한 번만 불러보고 싶을 지

　▶　SM(슴으로 읽음.) 덕후의 줄임말.

경이다. (오, 그러고 보니 나 유영진 이사님 CD도 있다!) 〈I'm Your girl〉에 대해 또 하나 꼬옥 짚고 넘어가야 할 포인트가 있다. 바로 별안간 무대에 등장했던 미소년 원투 펀치!

Yeah, what's up what's up S.E.S.! We open up

the new chapter - of funky New Jill Swing!

Here we come! Here we come! uh-come on!

I like S.E.S. ya'll! (Yes S.E.S. ya'll)

We like S.E.S. ya'll! (Yes S.E.S. ya'll !)

You never don't stop. You never don't quit!

Kick out some sounds of the Hip-Hop Beer!

Now dap your hands everybody

Now Move your feet everybody

to the left (to the left) to the right (to the right)

now bring it back. fat rhythm of the free style!

얼핏 보기에도… 기나긴 스크롤 압박에 비해 특별한 의미는 없어 보이는 영어 랩을 발사하던 소년들은 〈I'm Your

Girl〉의 오프닝에 힙합 느낌을 물씬 끼얹어 주는 제4의 멤버나 다름이 없었다. 당시엔 SM의 연습생이라는 사실 정도만 알려졌던 두 명의 해외파 소년들은 훗날 '신화'라는 보이그룹으로 데뷔하게 되는데… TV 속 S.E.S. 언니들을 바라보며 그저 언니들만 해맑게 선망하던 그때의 나는 몰랐지…. 이 두 명의 소년 중 한 명이, 훗날 아주 오랫동안 사랑하게 될 나의 최애가 되는 미래를. 빨리 우리 언니들 나와야 하는데 쓰잘머리 없이 랩이 길고 무슨 연습생까지 벌써 무대에 올라오나 하며, 그저 언니들 빨리 보고 싶어 안달했더랬다.

어느덧 서른을 넘긴 현대 직업여성으로 진화했지만 〈I'm Your Girl〉을 비롯해 그 시절 아이돌들의 데뷔곡을 떠올리면 유난히 마음이 포근해진다. 연차가 쌓일수록 점점 더 멋진 곡을 들고나왔고, 무대 완성도도 높아졌으나 데뷔곡만이 주는 특별한 느낌이 분명 있다. 이런 특별함은 무적의 치트키가 되어, S.E.S.였고 핑클이었던 그 시절의 우리를 3분 남짓 되는 사이에 다시 만나게 해준다. 새로 데뷔하는 후배 팀들이 옛 노래를 리메이크해서 활동하는 모습이 괜히 더 반가운 이유는 그에서 비롯되었을지도 모르겠다.

Peace B is my Network ID

ID; Peace B
보아

5G까지 진화한 온라인 통신 환경을 누리고 있는 요즘의 학생들이 나의 학창 시절 모습을 본다면 아마 깜짝 놀랄 것이다. 인터넷을 쓰는 동안에는 집 전화가 먹통이라고요? 하하, 설마… 농담이시겠지.

그러나 이는 정말이며 사실이었다. 태블릿 PC 하나면 못 하는 것이 없는 지금에 비하면 머나먼 청동기 시대 이야기 같지만. 컴퓨터라는 것이 앞뒤로 뚱뚱한 정사각형의 모니터와 작은 과일상자 크기의 본체가 기본 구성이었던 때. 그래

서 집 안에 컴퓨터를 놓을 '공간'이 확보되어야 컴퓨터를 소
유할 수 있었던 때. 집에 딱 한 대뿐인 컴퓨터를 두고 가족
들이 순서를 정해서 사용했던 그때. 인터넷 통신선과 전화
회선이 절친한 나머지 컴퓨터를 쓰는 동안에는 집에 걸려오
는 전화를 받을 수가 없어 엄마 통화 다 끝날 때까지 기다렸
던 그때.

그때 당시 나의 PC통신▸ 사용 목적은 뚜렷했다. 신화 오
빠들 팬카페 가입과 정보 얻기. 요즘이야 SNS가 발달해서
멤버 개개인의 소식과 이모저모를 마치 내 친구처럼 쉽게
접할 수 있고, 아이돌 공식 계정에서 팬들의 입맛에 맞는 사
진이나 영상을 올려주기도 하지만 그때는 그런 건 꿈도 못
꿨지. 잡지에 실린 사진이나 공식 채널에서 올려준 사진 파
일 말고는 이렇다 할 우리 오빠 사진 한 장 찾기가 쉽지 않
던 시절이었다. 덕분에 중복된 자료가 많고도 많았고 새로
운 자료는 건지기도 힘들었지만 그래도 PC통신(특히 콕 집

▸ PC Personal Computer 와 통신이 합쳐진 말로, 개인용 컴퓨터를 통신 회선으
로 연결하여 정보를 주고받는 통신 방식. 인터넷이 널리 보급되기 이전에
사용되었으며 주로 통신 회사가 제공하는 통신망을 설치한 가입자들끼리
만 정보 교환이 이루어졌다.

어 천리안) 안에서 보내는 시간은 꿀 중의 꿀맛이었다. 신화 오빠들의 팬카페에 접속한 다음 새로 올라온 사진이 있는지 확인하고, 자유게시판에 올라오는 각종 소소한 정보들도 보고. 팬픽▶도 좀 보고. 모범생 콤플렉스와 장녀 콤플렉스 사이에서 이러지도 저러지도 못하던 그 시절, 나의 유일한 일탈은 팬카페에 들어가는 것이었다. 아, 생각해 보니 좀 억울하다. 얼마든지 일탈을 일삼아도 되는 나이였는데, 고작 좋아하는 아이돌 팬카페 들어간 게 전부라니… 아무튼! 그날은 나의 유일한 일탈 장소였던 신화 팬카페에, 갑자기 신화가 아닌 다른 가수의 정보가 도배되던 날이었다. 당시 H. O.T.와 S.E.S.의 카페에도 가입해 눈팅을 하고 있었는데 그쪽 팬카페들에서도 마찬가지로 어수선어어언한 반응이 가득했다. 대체 무슨 일인데? 올라오는 게시물들 속에는 같은 소속사의 신인 솔로 가수 데뷔 소식이 쏟아지고 있었다.

무려 만 13세 소녀의 데뷔였다. 아이돌 가수의 데뷔 나이가 꾸준히 낮아진다고는 하지만 요즘과 비교해도 이건

▶ 팬 픽션Fan Fiction의 줄임말. 스타, TV프로그램, 드라마, 영화 등을 바탕으로 팬들이 만들어 낸 2차 창작물을 뜻함.

뭐… 중학생이 데뷔를 한다고? 카페에는 꽤 격한 의견을 표출하는 사람들이 있었던 것으로 기억한다. 아마 '우리 오빠들'이라는 단어를 점유한 이들이었기 때문에 더 그랬을 것이다. 간단히 요약하자면 우리 오빠들이 번 돈으로 이런 '애'가 데뷔를 한다는 것이었다. 당시의 빠순이▶들이란 지금의 팬덤들보다 조금 더 '야생'의 느낌이 강했는데(뭐… 내 기준엔 그렇다는 이야기다.) 언니들의 격한 저항만큼이나 갓 데뷔 한 'BoA' 의 화제성은 굉장했다. 다음 날 아침 등교한 학교에서도 온통 보아에 대한 이야기가 가득했을 정도로.

"봤어? 봤어?"

"당연하지. 어제 팬카페마다 난리던데."

"미친 거 아니야? 무슨 중학생을?!"

"완전! 딱 봐도 망할 것 같지 않아?"

아직 보아의 첫 데뷔 무대가 매스컴을 통해 공개되기 전

▶ 연예인이나 운동선수 등을 맹목적으로 추종하고 따라다니는 극성팬 중 여자를 속되게 이르는 말.

이었다. 그녀에 대해 공개된 건, 소속사에 뜬 프로필 사진과 이름, 나이가 전부였다. 지금 생각해 보면 보아는 나이가 어리다는 이유로 오히려 대중에게 더 엄격한 평가를 받으며 아티스트로서의 첫발을 뗐다. 자고로 아이돌이란 다른 세상에서 온 것 같아야 하고, 한없이 새롭고도 특별한 재능을 타고난 듯하며, 선택받은 누군가인 것 같은 느낌적인 느낌을 줘야 했다. 물론 당시의 그녀 역시 다른 의미로 비현실적이긴 했다.

그는 그저 이제 막 '아이돌'이라는 개념이 가요계에 자리를 잡은 시점에 등장한 13세 소녀였다. 비슷한 연령대의 멤버로 함께 구성된 팀의 막내도 아니고, 그 큰 무대를 혼자서 이끌어 나간다고? 실제로 당시에는 그녀의 데뷔를 두고 우려 섞인 기사도 많이 올라왔었다. 이를테면 이런 식이다. '한창 학교에서 공부해야 할 어린 청소년들에게 자칫 위험한 선례가 될 수 있다'는 식. 가뜩이나 학생들의 장래 희망에 순수 학문이 우선순위에서 밀려나는 마당에, 그녀의 데뷔가 학생들로 하여금 어릴 때부터 '연예인(+나부랭이)'을 꿈꾸게 만든다는 것이다. 그런 말을 하는 사람들에게 정말

되묻고 싶은 것이 하나 있다. 장래 희망과 선례에 대해 우려를 표하는 기성세대 어른들에게 '꿈'은 과연 어떤 개념이었냐는 거다. 꿈을 '갖는 게' 중요한 일인지, 중요하다면 '어떤' 꿈을 갖는 게 중요한지 그들은 생각해 본 적이 있을까? '우려'라고 쓰고 '꼰대질'이라 읽고 싶은 그 시선들 속에서 보아는 분명 '갓기'▶였는데 말이다. 의사, 과학자, 교사, 공무원 같은 익숙한 단어가 아니라면, 대충 그냥 어린 애들의 잘나가고 싶은 '헛바람'이라고 뭉뚱그려서 치부하는 것은 그때나 지금이나 마찬가지인 것 같기도 하고.

하여튼 가사 내용을 집약해 놓은 것이나 다름없는 제목의 곡으로 그녀는 세상에 데뷔했다. 이 노래는 일단 가사의 도입부에서 인터넷을 바탕으로 달라져 가는 세상을 말하고, 이를 아직 이해하지 못하는 기성세대들에 대한 외침!으로 당돌하게 시작한다. 솔직히 당시에는 이런 내용의 가사가 잘 와닿지 않았다. 일단 제목에 아이디가 들어가는 것에

▶ 'god+아기(어린 나이에도 신이 주신 재능으로 월등한 실력을 보여주는 아이)' 또는 '갓 태어난 아기'의 줄임말.

그 시절, 우리가 사랑했던 소녀

서부터 낯설었다. 'ID'라는 개념을 노래 제목에서 만나는 것이 뭔가! 머쓱하고 오글거렸던 것 같다. 하루에도 몇 번씩 컴퓨터를 쓸 기회만 호시탐탐 노리고 있었음에도 불구하고 말이다. 당시 그 노래의 제목과 가사에 특별히 가슴이 뭉클해지거나 깊은 공감을 받거나 하진 않았다. 오히려 이 글을 쓰고 있는 시점에서 이 가사를 다시 보니, 오오… 이것이 바로 요즘 다들 떠들어대는 메타버스의 뿌리가 되는 개념 아닌가! 싶었다. 아이돌 에스파aespa로 대표되는, SM의 거대 유니버스인 '광야'와도 맥이 통하는 느낌이었다.

흘러내린 물은 절대 다시 올라갈 수 없는 것
나를 이해할 수 없겠죠
그 속에는 나와 같은 꿈을 꾸는 친구가 있죠
평화로운 세계 속에서
하나로 담긴 세상 Connecting in my neverland

바로 이런 부분들이! 그랬다. 그렇다면 '광야'는 에스파라는 팀을 구축하기 위해 어느 날 갑자기 뚝 떨어진 게 아니지 않을까? 회사가 전부터 꾸준히 가지고 왔던 철학(?) 같은 것들이 오랜 시간에 걸쳐 농축되고 조탁해 완성된 개념이 아닐는지! 하는 생각마저 드는 것이었다. 팬들 사이에서는 이제 '스엠SM'으로 회사의 이름을 직접 부르기보다는 '광야' 또는 '쾅야'로 부르는 것이 일종의 밈처럼 굳어지고 있는 것 같다.

다시 보아의 ID 이야기로 돌아와 보자. 당시를 떠올려 보면 PC와 인터넷은 이제 겨우 밑그림을 그리기 시작한 캔버스 정도였다. 그때에도 사람들은 PC 전원을 켜고 인터넷을 연결한 뒤 포털 사이트에 들어가 원하는 걸 검색하고, 팬카페에 접속해 내가 좋아하는 아이돌 소식을 접할 수 있었다. 하지만 기본적으로 인터넷은 내 일상의 서브 활동 정도일 뿐, 생활의 코어는 현실에 기반을 두고 있었다. 노래라는 것은 시대상의 반영이라, 어쩔 수 없이 그 시대가 품고 있는 정신이나 철학, 사랑 같은 것들을 담아낼 수밖에 없다. 그런 의미에서 〈ID; PEACE B〉는 그 시대 청소년들을 이해하기 위한 사료라 해도 좋을 만큼 굉장한 곡이었다.

예전부터 우린 모두 하나인걸

나를 믿어보세요

그 속에는 나와 같은 꿈을 꾸는 친구가 있죠

평화로운 세계 속에서

바로 이런 가사처럼. 생각이 많은 아이여서인지 당시 나
는 현실 친구가 그렇게 많지는 않았다. 일련의 탐색 과정을
거친 뒤 코드가 맞는 소수와 특별하고도 돈독한 관계를 이
어가는 것이 오히려 편했다. 그런 내가 그때 팬카페에서 제
법 많은 친구를 만들었다는 것은, 시대적 차원에서 무척 의
미 있는 지점이다.

그때 나의 부모님도 여느 어른들과 같았다. 인터넷에서
알게 된 친구를 만나러 가겠다고 하니 일단 나가지 못하게
하셨다. 내가 아무리 '친구'라고 이야기해도, 내 또래의 여
자아이라고 말해도 그걸 어떻게 믿냐는 것이었다. 인터넷
환경을 새로운 공간이라기보다는 '익명'의 공간이라는 데
에 더 중점을 두고 생각하셨던 것 같다. 부모님의 관점에서
볼 때 내 인터넷 친구들은 그냥 익명의 '누구'였다. 실제로

루비 님이 입장하셨습니다.
루비 : 안녕하세요…

여보세요?

아, 왜 갑자기 전화가 안 터지지?

샤인: 어섭쇼. 오늘 벙개 맞죠?
루비: 끄덕끄덕…

자… 안 챙긴 거 없지?

넌 잔뜩 짊어지고 어디 가니?

아, 학교 친구 지영이네.

그래. 조심히 놀다 와.

아, 예. 들리세요? 아까는 왜 안 됐지?

다녀오겠습니다!

그때 내 솔직한 기분, 마음속 깊은 생각들은 부모님보다 인터넷의 친구들과 더 많이 공유했음에도 불구하고. 지금에서야 하는 말이지만, 제법 말을 잘 듣는 K-장녀로 살면서 가끔은 나도 일탈을 했다. 학교 친구 만나러 나간다고 뻥을 치고 사이버친구를 만나러 나간 적이 몇 번 있었다. 지갑도 챙기고, CD플레이어도 챙기고, 카메라도 챙기고, 집에서 직접 컴퓨터로 하나하나 출력한 오빠들 사진이랑 앨범들까지 가방 가득 무겁게 짊어지고! 지금 같으면 스마트폰 하나만 손에 챙기면 되었을 여정이라고 생각하니, 그 무거운 가방이 어딘가 좀 귀엽게 느껴진다.

보아의 데뷔 무대를 아주 오랜만에 다시 검색해서 찾아보았다. 아… 그녀는 천재였다. 신이었다. 작은 체구가 믿기지 않는 무대 장악력을 가진. KTX 타고 가며 봐도 반드시 데뷔시켜야 할! 아시아의 별이 될 수밖에 없는 재능이었다. 그에 더해 심지어 엄청난 노력까지 했을 것이 아닌가. 요즘 들어 스멀스멀 다시 유행하기 시작한 통이 넓은 일자바지 차림에 각 잡힌 힙합댄스를 추며, 만 13세에 벌써 R&B 느낌 가득 소울풀하고도 짱짱한 보컬을 자랑했다. 2000년, 지나

치게 앳된 그녀의 모습을 보며 그때 보아에게 향했던 날 선 시선들을 떠올리자니, 아이였던 나마저도 부끄럽고 창피해지는 기분이다.

작사가로 활동하며 나의 현실 나이를 들추는 것은 언제나 조금 쑥스럽다. 이유를 간단히 꼽자면 나의 글에서 내 나이가 겹쳐지면, 이 노래를 듣는 사람들의 몰입을 방해할까 싶어서다. 20대 때는 고민도 안 했던 부분들이 별게 다 조심스러운 것 중 하나가 되어가고 있다. 〈ID ; Peace B〉를 생각하고 쓰려니, 내 나이가 전면에 드러나지 않을 수 없었다. 어쩐지 분하다.

그대여 뭘 망설이나요 그대 원하고 있죠

성인식
박지윤

작사가로서 '제법 오래' 버텨왔다고, 조심스레 말해도 되지 않을까 싶다. '오래'라고 말하기가 조심스러운 이유는 나보다 훨씬 더 오래 활동 중인 선배들이 계시고, 정말 오래 활동하고 싶은 1인으로서 이 기간이 아직 '오래'가 아니길 바라서다. 나중에 돌이켜 봤을 때 '그 정도는 오래도 아니었네'라고 생각하고 싶기 때문이다. 지금껏 가사 짓는 일로 먹고살아 온 기간 덕분에 "이제 일이 조금 손에 익은 것 같습다!"라고 말할 수 있게 되었지만! 의뢰가 들어왔을 때 이름에서부터 멈칫! 하게 되는 회사가 몇 군데 있다. 그중 하나가 바로 JYP다. 개인적으로 원더걸스부터 꾸준히 JYP 여자 아이돌을 좋아하고 있지만, 좋아하는 것과 잘하는 것은 실로 별개의 문제라! 막상 의뢰가 들어와도 쓰기가 어렵고 채택되기는 더 어려운 곳이다. JYP에서는 가급적 '현실의 언어'로, '말하듯이' 진행되는 가사를 원하는 편인데, 내 손에 학습된 작사법이 있는지라 결과는 조금 다른 느낌으로 나온다. 그래서 JYP 가사를 쓸 때는 전작에 대한 리마인드를 충분히, 아주 추우웅분히 하고 시작할 때가 많다. 그냥 말하는 것을 글로 그대로 받아적으면 안 되나? 머리로는 이해가 되는데, 리듬의 결이나 데모의 라임을 타다 보면 막상 또 그게 쉽지 않기도 하고… 어쩐지 JYP께서 생각하는 (것으로 추정되는) 여자의 태도 혹은 멋진 남자의 모습을 기신기신▸ 따라 하려고 노력한다. 그러다 보니 작업하는 사이 나도 모르게 눈치를 보고 있는 거다. 바로 이런 지점들이 문제다. 모든 창작 분야가 그렇듯이 눈치를 봤다는 건 기 싸움에서 이미

▸ 게으르거나 기운이 없어 느릿느릿 자꾸 힘없이 행동하는 모양.

그 시절, 우리가 사랑했던 소녀

진 거나 다름없으니까! 이와 별개로 JYP는 정말 여돌 명가답게, 등장하는 친구들은 누구 하나 빠지는 구석 없이 실력이 좋고, 나오는 노래 역시 따라 부르기 좋다. 에너지 뿜뿜! 뚝딱거리는 멤버 하나 없이 춤도 고루 잘 추니 무대 완성도가 굉장히 높다. 그래서 의뢰가 들어오면 나도 저 멋진 팀의 수록곡 하나라도 함께해 보고 싶다는 욕심이 생기는 것이다.

JYP의 수많은 명곡 중에서 강렬하게 내 기억 속에 남아 있는 곡은 하나, 바로 〈성인식〉이다. 연기자이자 가수로 활동했던 박지윤의 노래들은 특유의 무드가 있었다. 〈성인식〉은 이를 완벽하게 뒤집어 버린 등장이었다. 두둥! 제목만으로도 입에 담기 부끄럽고 조심스러운 섹시 코드 듬뿍인 노래다.

당시의 여자 아이돌 또는 또래의 여자 솔로 가수들이 해 오던 사랑 노래는 대체로 '너를 기다리고 있는 내 마음을 왜 몰라주니', 또는 '널 위한 내 사랑을 아낌없이 다 주고 싶어' 정도의 가이드라인을 준수하고 있었다. 그 가운데 Umm… 그대 기다렸던 만큼 나도 오늘을 기다렸다고? 도발적이고도 충격적인, 새로운 길을 뚫어준 노래였다.

이 곡이 발매되었던 2000년도의 소녀의 시점으로 되돌아가서! 〈성인식〉의 발매 소식은 친구들 사이에서도 '우와!'한 반응을 불러일으켰다. 일단 전작들과의 결이 많이 달라서이기도 하지만, 그 나이대 소녀들 그릇에 담기에는 소화하기가 쉽지 않은 주제였고. 소녀의 시각에서 볼 때, 이 활동을 위해 엔터테인먼트 회사 회의실에서 오갔을 이야기들은 저세상 일처럼 느껴졌을 테니. 1차원적으로 우리 눈에 들어온 것은 비주얼이었다.

"박지윤 나온 거 봤어?"

"완전 예뻐! 완전! 진짜 섹시!"

대체로 이런 대화들이 오갔던 것 같다. 그런데 음… 지금 생각해 보면 그때 당시의 '섹시'란 개념이라기보단 느낌으로 받아들였던 것 같다. 약간은 '이런 게 섹시한 거야'라고 학습된 것 같기도 하다. 흥미로운 지점은 가사 전반에 걸쳐서 단어 그 자체로는 야한 구석이 그다지 없는데, 노래가 불리고 있는 상황과 가사에 담긴 담화들이 너무나 한곳을 향해 달리고 있다는 거다. 1위를 한 번밖에 못 했다고 해서 굉장히 의외였을 정도로, 박지윤의 〈성인식〉은 너무나 신선했고 선풍적이며 굉장했다. 지금까지도 연말 시상식 무대에서 그때 모습을 그대로 재연한 퍼포먼스를 볼 수 있을 정도면, 말 다했지.

추억의 카이코코▸ 로고가 반겨주는 뮤직비디오는 지금 와서 보니… 와, 그냥 첫 장면에서부터 메타포를 때려 박고 있었다. 어릴 땐 그냥 별생각 없이 봤던 장면이다. 하얀 원피스를 입은 해맑은 표정의 소녀가 재봉틀을 돌리고 있구나. 옆에 곰 인형이 있구나. 곰 인형에 시선을 뺏긴 사이 재봉틀에 손을 다치네, 피가 많이 나네. 이렇게 쓱 보고 지나쳤던 장면들이었다. 어른들이란, 프로듀싱을 하는 사람들이란 무엇 하나 '그냥' 하는 것이 없다. (이러니 팬덤이 점점 더 결과물의 수위에 엄격할 수밖에.) 노래의 제목과 콘셉트가 '성인식'이니 크게 벗어나기 어려웠겠지만! 다른 걸 떠나 비주

▸ 2000년 LG에서 출시된 초소형 휴대폰. 빨갛고 작은 외관이 특징이며 박지윤의 〈성인식〉 활동과 함께 등장한 광고로 화제가 되었음.

얼은 여전히, 너무 예뻤다. 의상이나 헤메코▶가 굉장히 미니멀한데, 지금 보아도 전혀 촌스럽지 않고 도리어 세련된 느낌마저 든다.

피부는 하얗고, 머리는 까맣고, 입술은 빨갛고. 쿨톤의 인간화란 이런 것인가! 싶은 색채감에 여리여리한 몸의 라인이며 길쭉한 팔다리까지, 또래 여자아이들이 보기에 예쁘다고 할 수 있는 요소는 다 갖춘. 심지어 이게 막 그간 보아왔던 요정이나 학생복 차림의 소녀가 아니라, 새롭기까지 한 비주얼이었다. 게다가 앞에서도 잠깐 언급한 카이코코! 다들 기억할까. 작디작은 사이즈를 자랑하며 흡사 귀걸이처럼 광고에 등장했던 추억의 단말기. 각진 빨간색 기종도, 코랄과 핑크가 섞인 조금 둥근 기종도 정말 작고 예뻤기에 꼭 써보고 싶은 휴대폰 단말기였다. 너무너무 예뻐서 마음에 쏙 드는 카이코코에 비해 당시 내 휴대폰은 엄마에게 조르고 졸라 겨우 생긴 공짜 단말기였다. 흑흑. 한동안 폰이 고장 났으면 좋겠다고 생각했었는데, 기본 기능에 충실한 공짜

▶ 헤어(스타일링)·메이크업·코디(네이트)의 줄임말.

단말기는 도무지 고장 날 기미가 보이지 않았고. 물론 엄마 성격상 실제로 쓰던 폰이 고장 났다 하더라도 그저 '예쁘다'는 이유로 내가 마음에 드는 걸 사주지는 않았겠지만. 잠시 이야기가 다른 길로 새고 말았는데… 그 당시의 휴대폰은 정말 다양했다. 스마트폰 세대로 접어들면서 규격화되고 일괄적인 디자인이 굳어져 버린 지금에 비해 그때는 여는 방법도 가지각색이었다. 접기도, 펼치기도 하고 이리 돌리고 저리 돌리고 위로 밀어 올리고 아래로 당기고 난리도 아니었다. 다들 서랍 속에 이러저러한 이유로 버리지 못한 추억의 단말기 몇 개씩은 가지고 있겠지? 아무튼 그때의 박지윤은 인간 쿨톤, 인간 카이코코였다. 곡선 두 개가 겹쳐져 있지만 끝은 날카로운 형태의 로고. 이는 당시 그녀의 비주얼과도 닮은 구석이 많았다. 짧은 기장의 머리를 부풀려 놓았지만 머리끝은 삐죽삐죽 스타일링한 모습. 곡의 분위기와도 굉장히 잘 어울렸다.

뮤직비디오와 활동 영상들을 살펴보니 콘셉트 전반에 깔린 도발적인 무드에 비해 의상도 그렇게 야하지 않아 놀랐다. 지금보다 훨씬 엄격했던 무대 심의 규정을 벗어나지 않으면서(무려 염색모는 두건으로 가린다든가 하는 조항도 있었다!) 그 곡이 가져가야 할 분위기와 요소는 하나도 놓치지 않았으니 무서울 정도로 영리하다. 그때도 어깨가 드러나는 무대 의상은 존재했고, 매우 짧은 반바지 차림의 여가수들도 있었다. 긴 옆트임으로 허벅지까지 길게 드러나는 성인식의 의상은, 정면으로 바로 서면 발목까지 덮은 보수적인 롱스커트처럼 보였다. 얄미울 정도지. 이런 구석들은 가사의 전반적인 흐름에도 여지없이 느껴지는데…

난 이제 더 이상 소녀가 아니에요
그대 더 이상 망설이지 말아요
그대 기다렸던 만큼 나도 오늘을 기다렸어요
장미 스무송일 내게 줘요 그대 사랑을 느낄 수 있게
그댈 기다리며 나 이제 눈을 감아요

이런 식이다. 노래 속 화자가 소녀 같으면서도 이제 갓 성년이 되는 시점인 듯하다. 막상 심의에 부치자니 문제 될 구석은 딱히 없는. 이제 법적 성인이 되었으니 성인의 사랑을 하겠다는데 어쩔. 아, 그, 그렇구나, 하는 수밖에. 게다가 화자가 사랑하는 '그대'는 '오늘'이 있기까지 힘들어하면서도 기다려 주었다지 않은가. 아, 그, 그렇구나. 지켜주었구나, 하는 수밖에. 게다가 노래 가사상에 구체화된 스킨십 수위는 입을 맞추고 눈을 감는 정도에서 끝이 난다. 아, 그, 그렇구나. 정말이지 지금 나에게 이런 가사를 쓰라고 던져주어도 절대로 내 머릿속에서는 나올 수 없는 단어와 문장들의 조합이다. 이럴 때 보면 난 정말 어쩔 수 없는 유교걸인가 싶기도 하고(흑흑). 비단 나뿐만이 아니라 이게 여성 작사가가 썼다면 과연 이런 가사가 나올 수 있었을지 궁금하긴 하다. 성인이 되는 순간에 대한 여자의 로망 또는 기대감을 현실감 있게 구축하려 할 때, '성인이 되면 제일 먼저 하고 싶은 것!'의 순위는 과연 어떻게 구성될지.

아, 그리고 〈성인식〉하면 당시 학교 축제 이야기를 빼놓을 수 없다. 그때 이 노래만큼은, 댄스동아리의 무대 퍼포먼스에서 웬만하면 빠지지 않았다. 생각보다 길어진 코로나 시대를 지나고 있어서일까. 학교 축제, 지역 축제 같은 것이 굉장히 먼 과거의 존재처럼 느껴지지만 당시 학생들에게 모름지기 '축제'라 함은 말 그대로 '축제!!!!'가 아니었던가. 저마다의 동아리 활동을 뽐내는 날, 절정의 폭죽은 학교의 밴드부 또는 댄스동아리가 터트리는 것이 또래 사이에서는 당연한 분위기였다. 그 안에서 나는 존재감이 너무 작아 귀여울 지경인, 우리끼리만 즐거웠던 문예 창작 동아리를 하고 있었다. 부서의 학생들이 쓴 글들을 모아 출력해 간이 제본한, 나름의 책 형태의 읽을거리를 우리가 배정받은 교실에 전시했다. 이 일은 정말 '전시'에 목적을 두고 있었다. 누군가 와서 우리 글을 읽어주길 바라는 마음도 딱히 없었던, 그게 그때 나와 우리 동아리 친구들의 축제 기분이었다. 그냥 축제 날에 우리끼리 같이 노닥거릴 수 있는 교실이 있는 것만으로도 충분했으니까. 아, 진짜 왜 그렇게 재미없게 학교를 다녔나 싶다. 제일 분한 것은 판타지 소설의 한 장면처럼 그때로 회귀한다고 해도 크게 다르지 않을 것 같다는 점이다. 타고난 기질이 어디 가지 않을 테니.

밑도 끝도 없이 어수선하고 시끄러운 축제의 분위기가 어색했던 나와 (코드가 비슷한) 내 친구들도, 손꼽아 기다리는 것이 있었으니 무대에서 '공연'하는 팀들이 있는 오후 시간이었다. 대학의 축제가 아니었기에, 진짜 연예인들이 축제 무대에 올라와 줄 리는 없는 가운데. 친구들의 공연은 그때 가장 핫한 노래를 큰 스피커로 듣게 해줌으로써, 그 하루를 제법 즐겁고 축제다운 모습으로 기억하게 만들었다.

점심을 먹고 난 이후에는 밴드부가 노래를 했다. 강당이 없던 학교라 운동장에 설치된 구령대에서 펼쳐진 공연이었다. 개방된 공간이라 음향도 되게 별로였을 텐데… 말 그대로 열창하던 그때 밴드부 오빠들 모습이 아직도 잔상처럼 기억에 남아 있다. 가을이라 해가 저물고 나서야 비로소 댄스동아리가 출격했는데, 기억에 〈성인식〉에 맞춰 커버 댄스를 췄던 건 동급생이 아니라 언니들 팀이었다. 까만색 천을 떼어다가 직접 손바느질로 만들었을 것 같은 언니들의 의상, 조악할 수밖에 없던 음향과 조명, 운동장에서 열심히 호응하던 학생들의 모습까지 하나둘 떠오르고 나면 아, 맞다. 내가 교복을 입고 학교에 다닌 적이 있었지, 하며 불현듯 이 사실이 새삼스럽다. 학생이 학교 다닌 게 뭐 그리 대단한 일도 아닌데.

대중가요에서 섹시 코드란, 점점 다루기 어려운 존재가 되어가는 느낌이다. 여자, 남자 아이돌 모두. 당시 〈성인식〉이 그렇게나 센세이셔널했던 건, 일종의 금기처럼 여겨지던 구석들을 전면에 내세웠기 때문이지 않았을까 싶은데. 2020년대인 지금, 작사가로 활동하고 있는 나에게 이 소재는 천천히 깊게 고민해야 할 문제가 아닌가 싶다. 비록 프로듀싱 과정에서 심의에 걸릴 구석이 없다는 걸 알아도, 어느 학교에서 미성년자인 아이들이 이 노래를 틀고, 부르고, 이 의상을 흉내 내어 입고, 이 안무를 할 수도 있다고 생각하면? 나 스스로 눈치를 보지 않을 수 없기 때문이다.

저기 하얀 눈이 내려 저 하늘 모두 내려

WHITE
핑클FIN.K.L

"겨울 소녀 패키지를 보고 싶다고? 그렇다면 옜다, 받아라!" 느낌으로 나온 노래였다. 줄곧 마음의 뿌리는 스엠에 내리고 있는 나였지만, 90년대 후반~2000년대 초반의 1세대 아이돌은 어느 팀 하나 버릴 게 없을 정도로 굉장하고도 굉장했다. 그런 가운데 심지어 핑클이라니. 무려 효리 언니가 청순하던 시절의 핑클! 응당 활동했던 곡은 다 알고 다 외웠지. 노래방 가서 S.E.S.를 한바탕 부르고 난 다음에는 핑클 타임을 가져주는 것이 인지상정이었으니. 〈Blue Rain〉부터 시작해서 활동 곡이 업데이트될 때마다 4분씩 길어졌던 핑클 타임. 그 당시 노래방 학생 요금 기준, 저렴한 곳은 4천 원인가를 내면 사장님의 후한 인심을 누리며 최소 두 시간, 어떤 곳은 무제한으로 노래를 부르고 놀 수 있었다. 그 가격과 인심이 있었기에 망정이지, 당시 주머니 사정으로는 그 흥에 겨운 시간들을 감당할 수 없었을 거다. 그만큼 나의 학창 시절에, 또래 소녀들의 기억에 자연스럽게 녹아 있는 그룹, 바로 핑클이었다.

수많은 노래 중에서도 〈WHITE〉를 떠올렸던 이유는, 소녀 서사가 담긴 시즌송의 대표곡이라서다. 계절이 바뀔 때마다 그 계절의 감성을 담은 시즌 캐럴은 꾸준히 발매되고 사랑을 받는다. 그중에서도 〈WHITE〉는 확실히, 특별했다. 약 20년이 지난 지금까지도 존재감을 자랑하며 '겨울' 하면 생각나는 대표곡에 꾸준히 이름을 들일 정도니, 이 정도면 거의 '겨울 연금'이라 해도 무방하지 않을까. 나온 지 한참 지난 곡임에도 불구하고 보이그룹까지 커버 음원을 낼 정도로 꾸준히 사랑받는 걸 보면 말이다.

개인적으로 좋아하는 장르가 하나 있다. 바로 '기억 조작
송'이다. 말 그대로 과거에 어쩐지 그랬던 것만 같은 기분이
드는 노래라는 뜻이다. 저마다 쌓인 경험이 기억의 기반이
되기 때문에 디테일 측면에서는 조금씩 차이가 있겠지만,
기억 조작송의 분위기는 대체로 비슷비슷한 것 같다. 일단
조금은 뻔한 첫사랑 클리셰! 어딘가 아련하거나, 한여름 햇
살 쨍한 소리를 내며 와르르 구르듯 쏟아진다거나! 좋아했
던 누군가가 실제보다 더 예쁜 모습으로 남아 있고 그때의
나도 제법 예뻤던 것 같은. 아무것도 안 했는데 별게 다 설
레고 폭신폭신한 마시멜로 위를 걸어가는 듯한 그런 기분
말이다. 여기서 이게 두근두근 설레는 서사냐, 아니면 첫 이
별이 주는 고유한 아련함에 대한 서사냐로 한 번 더 갈리긴
하지만. 어쨌거나 이 기억 조작송이라는 장르가 나는 나이
가 들수록 어쩐지 더 좋아진다. 비록 실재하지 않는 순간일
지라도 그와 비슷하다고 느꼈던 기분을 좀처럼 잊고 싶지
않은 마음 때문인 듯도 하다. 앞으로 봐야 할 미래는 아직
오지 않았으니, 내가 이미 겪고 지나온 것들을 조금이라도
어여삐 보고 싶은 마음 같기도 하고. 돌이켜 보면 학창 시절

에 흔히 경험할 수 있는 갈등들을 빼놓지 않고 겪어온 것 같은데, 좀처럼 기억이 없다. 아마 더 좋은 사람이 되고 싶게 만드는 건 나빴던 기억보다는 좋았던 기억이라서, 더 좋은 것만 남기려는 내 무의식 때문일지도. 덕분에 내가 살아온 시간이 꽤 멋졌던 것처럼 덧칠이 된다. 그래서 기억 조작송이 이따금 차트에 터져나올 때면 무척 반갑다.

겨울 기억 조작송으로 〈WHITE〉는 정말 남녀불문 최고라 할 수 있다! (왜 꼭 첫사랑만 떠올렸다 하면 나오는 장면은 '굳이' 첫눈인지 모르겠는데) 일단 첫눈이 내리고. 좋아하는 누군가를 만나서 하고 싶은 것은 늘 대단하고 거창한 무언가가 절대 아니고. 되게 소소한 것. 가사는 또 얼마나 겨울의 낭만을 그대로 담고 있는지! 하얀 눈이 내리던 날 처음 만난 너와 딱 일 년째 된 오늘. 마침 일 년 전 그때처럼 하얀 눈이 내리고 있는 거다. 게다가 겨우내 너를 생각하면서 만들던 것이 하필이면 '빨간' 스웨터라니. 이 얼마나 크리스마스 특유의 색감과 촉감인지. 비록 내가 똥손일지라도 좋아하는 사람이 있다면 가을쯤에는 겨울에 만난 그 사람을 생각하며 뜨개질을 시작해 보고 싶은 마음. 이런 것이야말로 나는 계절이 우리에게 선사하는 작고 확실한 공감대라 생각한다. 〈WHITE〉 가사 속 장면들은 이런 보편의 감성들을 마치 크리스마스 트리에 걸린, 모양이 제각각인 장식처럼 너무 예쁘게 꿰어놓았다. 어떻게 보아도 한없이 따뜻하고 예쁜 장면이다. 밖에서 부는 바람이 코끝까지 빨개지도록 추울 테지만, 천년의 예민함도 식어버릴 만큼 기분이 온순해지고 마는 것이다. 마음속에 애써 굳이 간직해 놓았던 겨울의 장면들은 신기하다. 본능적으로 그것들을 따뜻하게 기억하려는 마음이 있어서일까.

햇살이 뜨거운 여름 노래에는 시원함을 느끼게 하는 단어들이 많이 포함된다. 바다, 파도, 얼음, 시원한 바람을 따라 어디로든 떠나고 싶어! 등등. 반대로 겨울의 노래가 가지고 있는 정서들은 하나같이 따뜻한 것을 품고 있다. 지금 이 순간 사랑하는 사람과 함께 나누고 싶은 기분을 노래하다 보면, 마음의 온도가 높아지는 것 같아서일까.

저기 하얀 눈이 내려 저 하늘 모두 내려

우리 서로 닿은 마음 위로 사랑이 내려

살짝 네 가슴에 기대 안겨 먼저 말을 할까

나를 느끼는 너의 모든 걸 사랑해

이렇게! 놀랍게도 가사에 따뜻의 '따'도 들어가지 않았는데 그냥 이 부분이 귓가에 자동 재생되는 순간 따뜻하고 포근한 기분이 든다. 차마 입에 올리기에 쑥스럽고 오글거리지만, 그 이유는 곡 전체를 관통하는 감정선에 사… 사… 사랑이 흐르고 있기 때문이 아닐까.

참 신기하게도 꾸준히 사랑 노래의 가사를 써오면서도 '사랑해'라든가 '사랑'이라는 단어를 좀처럼 쓰지 않는다. 최근에는 그나마 조금, 아주 조금씩 쓰긴 했는데 한동안은 정말 '이렇게까지?' 싶을 정도로 사랑이라는 단어를 직접 언급하지 않은 채 작업을 했다. 글자 그대로 '사랑해'라고 명료하게 뱉기보다는 이 모든 것이 '사랑'을 향하도록 묘사하듯 썼달까. 주제 또는 소재가 될 개념을 표현해 줄 수 있는 모든 메타포를 닥닥 긁어서 사용하거나 이러저러한 관계성으로 치환해 왔는데 〈WHITE〉를 포함, K-POP 조기교육 시절부터 시작해서 노래방에서 목에서 피 맛이 날 때까지 친구들과 함께 불러제꼈던 노래들은 '사랑해'를 외치는 것에 거침이 없다. 이런 점들을 떠올리면 나도 참 작업하며 스스로 만들어 놓은 경계선과 강박이 많은 듯도 하고. 그냥 '사랑해'라고 가사에 쓰면 되는데. 영어로는 이런저런 LOVE라고 수도 없이 써오지 않았나! 이렇게 생각을 유연하게 가지면서 작업해야지. 가뜩이나 요즘은 가사 잘 쓰시는 신인 작가님들도 눈에 띄게 많아지고 발매되는 가사들도 전체적으로 상향 평준화되어가고 있지 않는가. 정신 차려 이 각박한 K-POP 시장에서!

꼭 '사랑해'라는 표현뿐만 아니라 옛 노래 가사에서 보고 배울 것들은 참으로 많다. 나도 잘 모르는 우리 부모님 세대의 가요들은 지금보다 훨씬 시적인 가사들이 많은데, 그런 가사들의 감수성을 좀 닮고 싶기도 하다. 후크송과 일명 '야마'▶에 대한 집착 때문에, 다양하고 넓게 퍼져나가야 할 뇌

▶ 곡에 엣지를 주기 위해 의도적으로 만들어 반복하는 단어나 캐치프레이즈.

의 활동 범위가 좀 좁아진 것처럼 느껴질 때가 많아서.

아마도 〈WHITE〉는 도입부의 반주 소리부터 선명하게 기억하고 떠올리는 사람들이 많을 것 같다. 과연 각각의 보컬들이 가진 톤도 기억할까? 혹시 가물가물한 사람들이 있다면 얼른 포털에 검색해서 당시 무대 영상을 같이 봐주었으면. 마냥 예쁨~ 예쁨~ 설렘~ 설렘~으로 남아 있던 기억을 다시 들춰보아 줬으면. 그 영상을 통해 '핑클 언니들이 라이브를 이렇게나 잘했었구나'라고 느꼈다면, 주변에 꼭 좀 공유해 주었으면! 또 한 가지 묘미는 주현 언니의 보컬 톤이다. 우리가 그동안 기억해 왔던 파워풀한 톤이 아니라, 힘을 빼고 예쁨을 얻기 위한 노력이 가득한 소리로 노래를 부르더이다. '이 정도 파워는 되어야 걸그룹의 메인 보컬을 하는 것이다!'라고 주장하는 듯한, 교재처럼 박제된 목소리의 주현 언니가 이렇게 소녀소녀한 톤으로도 무대를 했었다니. 심지어 편안한 발성이 아닌데도 잘해! 역시 본업 존잘님들은 하나만 잘하지 않는 것이었던 것이다! 팀 활동에 정말 보물 같은 존잘님들. 흑흑.

먼 과거지만 주현 언니가 냈던 솔로 앨범도 매장 가서 직접 보고 샀었다. '팝페라'라는 장르로 출시되었던 그 앨범, 나는 완전 좋아했는데! 노래방에서도 많이 불렀는데! 언젠가 핑클이 단체로 나온 예능에서 대중성에 대해 이야기하며 이 앨범이 언급되었을 때 정말 브라운관을 뚫고 외치고 싶었다. '언니, 저는 그 노래 정말 좋아해요!'라고. 사업적 측면에서 아티스트에게 대중성이라는 건 피할 수 없는 숙제겠지만, 개인적으로는 지금의 아이돌도 자기가 하고 싶은 장르, 팀의 색깔에 맞추느라 정말 잘하지만 눌러왔던 재능을 솔로 활동을 통해 더 선명히 드러내 봤으면 좋겠다. 현실과 애써 타협하느라 어울리지 않는 낯선 것들을 찾아 나서지 말고. 학창 시절 이후로 K-POP 덕질▶을 쉬지 않은 할미 입장에서 떠올려 보건대 하는 말이다. 내 최애 파트는 왜 이렇게 늘 감질나는지. 우리 애 이거 잘하는데! 좀 더 시켜주세요! 카메라에 한 번 잡힐 때 10초를 보기도 어려운 게 현실이니까 말이다. 우리 애의 '새로운' 모습도 물론 좋지만, 나

▶ 덕후질의 줄임말. 옛말로는 팬질.

는 우리 애가 잘하는 거 하는 모습도 좋은데. 그래서 이 장르에서만큼은 우리 애가 자신감 넘치는 모습으로 3분을 꼬박 채워 혼자 무대를 이끌어가는 모습을 더 보고 싶던데. 물론 회사 입장에서는 아이돌 이상의 돌파구를 멤버에게 만들어 주려 한다. 더불어 기존의 유닛과 콘셉트가 겹치는 것을 피해야 하고, 요즘 유행이 무엇인지도 파악하고 고려해야한다. 다소 입체적인 고민이라는 것은 충분히 알고 있지만 우리 애가 성장한 모습만큼, 우리 애가 행복하게 노래하는 모습을 보고 싶어 하는 팬들도 많다는 걸 회사가 알아주었으면. 암튼! 결론은 당시의 팝페라는 주현 언니니까 부를 수 있는 장르였는데. 그 뒤로는 못 봐서 아쉽다는 것이다!

무대를 보면서 반가웠던 아이템이 하나 있다. 당시 문구점 가면 팔던 눈 스프레이! 제목이 '화이트'고 노래의 배경이 눈이 오는 날이라서 그렇겠지만, 이보다 더 직관적일 수가 없는 장치였다. 눈 스프레이를 무대에서 뿌리면서 노래를 부르는 모습이 너무 귀엽고 추억의 아이템이고! 이걸 공중에 뿌리면 나던 소리랑 냄새까지 무대 영상에서 보자마자 단숨에 기억이 나 버렸다. 앞에 다른 아티스트를 이야기할

그 시절, 우리가 사랑했던 소녀

때도 하얀색 밍크 머리끈이라든가, 그 시절의 단말기라든가 그냥 떠올리기만 해도 반가운 아이템들이 있는 걸 보면 추억도 다 템빨인가 싶다. 저 스프레이 바닥에 가라앉으면 물기 생겨서 무대 좀 미끄럽고 위험하지 않나? 별안간 이런 걱정이 은근히 머리를 스치기는 하지만. 가요톱텐 속 어딘가 모르게 조악한 하얀 눈 스프레이는 세기말의 겨울 감성을 무대 위에 치익치익 뿌려대고 있었다. 거기에 체크무늬 학생복 겨울 버전까지! 착장마저 완벽한 것. 학생복이야 아이돌 착장에서 지금까지도 사계절 유효한 스테디 아이템이지만 '핑클' 하면 떠오르는 그 스타일! 너도 알고 나도 알고 우리도 아는 그 스타일은, 그때의 핑클을 첫사랑 겨울 소녀의 아이콘으로 만드는 데 조금도 모자람이 없었다.

봄에는 너를 만나 설레고, 사랑에 빠지고 싶다. 여름에는 저 강렬한 햇살을 피해 너와 함께 예쁜 자동차를 달려 어디로든 떠나고 싶다. 가을에는 고즈넉한 풍경을 바라보며 너를 추억하고 싶고, 겨울에는 사랑하는 너와 함께 하얀 눈 아래에서 영원한 사랑을 맹세하고 싶다…. 이런 기분들이 담뿍 담긴 노래가 앞으로도 많이 나왔으면. 계절감을 굳이 1

차원적으로 살려 놓는 것이 조금은 촌스럽게 보일지라도, 그만큼 쉽게 스며들고, 오래 기억에 남으니까 말이다. 그리하여 핑클의 〈WHITE〉처럼 오래 사랑받는 노래들이 계속해서 주목받았으면 한다. 주접은 우리가 떨 테니 애기들은 무대만 열심히 해! ~(^O^)~

진짜 나와 함께 달려보고 싶니

한 팀이 오랜 시간에 걸쳐 쌓아 올린 공든 탑이 얼마나 쉽게 무너질 수 있는지를 보여준, 희대의 사건이었다. 몇 번의 멤버 정비를 통해 비로소 한 팀으로 어렵게 자리를 잡은 이들이었다. 한 해에 수십 팀이 쏟아져 나오는 가요계, 그것도 아이돌 판에서 꾸준히 앨범을 내고 거기에 맞는 성과를 내온 팀이 고작 '미아리복스'라는 말 한마디에 속수무책으로 무너졌다. 불법을 저지른 것도 아니고, 무대에 임하는 태도가 나빴던 것도 아니었다.

그 시절, 우리가 사랑했던 소녀

"그래서 미아리복스가 뭔데?"

　　그때만 해도 어렸고, 게다가 보수적인 부모님 밑에서 자란 순진한 (편에 속하는) 아이였기 때문에 저 수식어가 의미하는 바가 뭔지 정확히 몰랐다. 그리고 그 설명을 들으면서 그때 '집창촌'이라는 단어를 알았다. 나름 어렸을 때부터 책은 잡히는 대로 읽고 학교에 어린이 신문도 꼬박꼬박 신청해서 읽는, 시사에 관심 많은 아이였던 나도 처음 본 단어였다. 어른이 다 되어 생각해 보니 이 단어를 배운 계기가 걸그룹이라는 것이 너무나 불쾌했다. 실제로 이 팀이 매춘을 했나? 아니다. 멤버 중에 누구 하나라도 미아리에서 목격이 됐나? 아니다. 하다못해 음주, 흡연하는 사진이라도 떴나? 아니다. 뭐 하나 그 단어와 맞아떨어지는 게 없는 상황이었음에도 남자 가수가 던진 고작 다섯 글자 단어의 위력은, 실로 대단했다.

　　이 이야기의 행간을 간략히 요약하자면 다음과 같다. 노래 〈Xcstasy〉가 수록된 앨범에는 특이사항이 하나 있는데,

이 앨범이 무려 베이비복스의 미국 진출 선언작이었다는 거다. 당시 나는 해외 팝이나 힙합에 푹 빠져 있지는 않았으나, 그런 나조차도 투팍2PAC이라는 래퍼는 알았다. 당시 베이비복스의 소속사는 〈Xcstasy〉라는 곡을 내기 위해 투팍이 생전에 감옥에서 만든 미공개곡과 그의 음성을 구매해 합법적 샘플링 절차를 거친다. 그리하여 투팍과 베이비복스의 래퍼 이지가 랩을 주고받는 식의 곡 구성이 완성되었다. 당시 힙합신scene의 한국 래퍼들은 자신들이 신으로 추앙하던 사람의 목소리와 노래를, '고작' 섹시 콘셉트나 미는 걸그룹이 상업적으로 이용하는 것을 보고 '고인 모독'이라며 격하게 분노했다. 인지도가 높은 한 힙합 가수는 이러한 사태에 격노하여 베이비복스를 향해 "미아리복스·SEX가수·쌍년"이라는 단어를 공개적으로 필터링 없이 퍼부었다.

당시 베이비복스는 1세대 남자 아이돌과의 스캔들 탓에 이미 안티가 정말 많았다. 당시 일화들을 살펴보면 와, 그 시절 극성팬 언니들은 정말… 말을 잇기 힘들 정도다. 그 사이에서도 베이비복스가 겪은 에피소드들은 정말이지 역대급이다. 각종 엽기적인 테러로 무려 9시 뉴스에 나올 정도

그 시절, 우리가 사랑했던 소녀

였으니까. 다른 아이돌에 비해 섹시 콘셉트를 주로 소화했고, 남자 아이돌과의 스캔들이 잦은 데다, '미아리복스'라는 수식어까지 더해지자 팀은 버텨낼 재간이 없었다. 그렇게 〈Xcstasy〉는 베이비복스의 마지막 앨범이 된다. 시대 때문이었을까? 만약 지금 같은 사회적 분위기에서 그런 막말이 나왔다면 어땠을까? 적어도 하루아침에 속수무책으로 한 아이돌이 무너지는 일은 없었을 것 같다. 그랬다면 베이비복스의 무대를 좀 더 오래 볼 수 있었을 텐데. 그리고 어쩌면 미국에 진출해 성과를 거둔 여자 아이돌을, 오래전에 이미 만날 수 있었을지도 모른다.

요새는 익숙해진 단어 '한류'. 그때는 이 말이 막 자리를 잡고 있던 시기였다. 지금이야 해외에 진출해 팬덤을 다진 팀들이 워낙 많고, 대중에게 조금 생소한 팀이라도 해외 공연 투어를 돌 만큼 한류와 K-POP이 유명하지만 그 시절 1세대 한류 아이돌은 무에서 유를 창조한 존재들이나 다름없었다. 이를테면 지금은 어느 기획사의 어느 팀 '동생 그룹' 식으로, 이미 자리 잡은 팬덤을 확장하는 것이 가능하나 그때는 해외에서 한국이란 나라 자체를 생소하게 여겼다. K-POP

이라는 단어도 생기기 전이었으니까. 대체로 1세대 한류 아이돌들은 일본과 중국을 기반으로 해외 진출을 시작했는데, 베이비복스는 이미 중국 내에 크고 견고한 팬덤을 형성한 상태에서 미국 시장으로의 진출을 꿈꾸고 있었다. 타이틀곡인 〈Xcstasy〉 외에도 앨범엔 제니퍼 로페즈와 협업한 곡도 있었고, 당시 팝 시장에서 이름을 날린 기획자와 작곡자 들도 대거 참여했다. 한국어 버전, 영어 버전이 골고루 들어 있는 이 앨범은 지금 전곡을 다시 들어도 촌스러운 구석이 없다. 필히 재조명되어야 할 앨범이라고 생각한다.

　나는 토실하지만 옷을 좋아한다! 그렇다고 유행에 엄청 민감하거나, 신상이 나오면 반드시 손에 넣어야 하거나, 한 번 입은 옷은 다시 안 입는다거나, 집에 안 입는 옷의 무덤이 있다거나… 이 정도는 아니지만. 하는 짓을 봐선 확실히 옷을 좋아하고 입어보기를 즐기는 사람이 맞다. 가령 깔맞춤을 좋아한다거나, 중요한 외출 전에는 입을 옷을 골라 착장해 보고 다림질까지 마친 뒤 걸어놓고 나서야 잠이 든다거나. 굳이 다 사들이지는 않더라도 요즘 유행하는 스트리트 패션 같은 것에도 관심은 늘 가지고 있는 편인데, 근래에 새로 올라오는 신상들이 참으로 띠용했다. 베이비복스가 〈Xcstasy〉활동할 때 입었던 무대 의상과 비슷한 옷들이 우다다 쏟아져 나오고 있었다. '로우라이즈', '크롭티'라고 통용되는 것들의 그 시절 명칭은 '골반바지'와 '배꼽티'였다. 바지나 스커트의 밑위가 굉장히 짧아서 활동성이 매우 떨어지는 점 주의! 여기에 골반의 폭은 넓혀주고 허리는 더욱 가늘어 보이도록 볼드한 벨트로 포인트를 주곤 했었다. (심지어 남성들은 속옷의 상단부를 일부러 드러나게 입기도 했다.) 지금은 그저 '그러려니' 할 법한 패션이지만, 그 남사스러운 복장으로 명동 한복판을 돌아다니는 것이, 그래서 얌전한 여자애들 다 버려놓는 것이 TV 속 (여자) 연예인 탓이던 시절이다. 그저 무대 의상일 뿐인 그 착장들은 베이비복스에게 미아리 같은 단어를 갖다 붙이기 좋은 요소였다. 당당하게 개성을 드러내자는 메시지가 흔한 가사 코드, 하나의 장르로 통용되던 때였다. 하지만 여자 아이돌에게는 그 잣대가 유독 엄격했다. 개성은 있어야 하지만 노출은 안 돼. 너희가 벗고 나오니까 봐주는 거지, 내가 원해서 보는 것은 아니야. 근데 뭐 좀 새로운 거 없니? 그리고 눈요기는 꼭 있어야 하는 거 알지? 아니, 무슨. 500원 쥐어주면서 빵에 우유까지 사오고 거스름돈은 너 가지라는 것도 아니고.

너와 나 함께 즐기고 싶니
그렇다면 내게 뭔가 보여줘
너와 나 함께 느끼고 싶니
그렇다면 내게 뭔가 보여줘

진짜 나와 함께 달려보고 싶니
하지만 정신을 잃을걸
Ooh baby 그렇게 쉽지는 않지
이제는 그만 나를 놓아줘

날 원하는 걸 알아
그대 어떻게 날 원해
날 사랑하는 걸 알아
Ooh 하지만 천천히

내 안에서 꿈틀대는 새로운 세계

H.O.T. 이야기를 시작하려면 〈전사의 후예〉를 먼저 훑고 시작해야 하지 않나, 생각했다. 1세대 보이그룹의 첫 출격이었고, 그들이 데뷔와 동시에 톱스타가 되는 과정을 눈으로 지켜본 1인이기 때문에. 대형 기획사에서 아이돌을 데뷔시킬 때에는 보통 첫 활동은 팀을 각인시키는 데 목적을 둔다. 본격 대중의 반응이 터지는 것은 바로 그다음 발매곡인 경우가 일반적이라는 점을 생각해 보면 H.O.T.의 데뷔와 그 파급력은 정말이지 전무후무했다.

무려 '10대들의 우상'을 표방하며 나온 그룹이었다. 데뷔 당시 멤버 전원을 고1, 고2, 고3으로 구성한 것에서부터 타깃이 누군지, 앞으로 나아가야 할 방향이 뭔지 너무 선명했다. 거대한 파도처럼 돌진하는 그들의 기세에 소녀 떼는 기꺼이 몸을 맡겼다.

솔직히 나는 그때 어렸고, 부모님 눈치를 보느라 대중문화와 관련된 것에는 쫄보탱▶으로 성장할 수밖에 없었다. 그럼에도 H.O.T.의 앨범 하나쯤은, 꼭 갖고 싶었다! 당시 부모님은 사춘기를 앞둔 딸이 혹시라도 나쁜 길로 빠지지 않을까 걱정을 하셨는지 TV에 등장하는 일명 '빠순이'들의 모습을 보며 나에게 잘 들으라는 듯 일부러 더 유난을 떨곤 하셨다.

"어휴~ 쟤네 부모님들은 쟤들 저러고 다니는 거 알까 모르겠다."

왜 모르시겠어요. 저렇게 TV에 나오고 있는데…

▶ 쉽게 위축되거나 조는 사람을 과격하게 표현하는 말.

지금 생각해 보면 그게 뭐라고! 아니, 무슨 학생이 술을 마신 것도 아니고. 담배를 피운 것도 아니고. 친구를 때리거나 도둑질을 한 것도 아닌데! 고작해야 좋아하는 가수 응원하러 간 게 전부인 것을. 쯧쯧쯧. 아마 그런 데 정신 팔려서 '공부 안 할까 봐' 그러셨겠지만, 우리 부모님은 그때 인정하고 싶지 않으셨던 것 같다. '그런 데'가 아니어도 정신 팔 곳은 얼마든지 있다는 것. 그리고 당신들의 딸이 '그런 데' 정신 팔지 않더라도 공부에 열을 올릴 성격은 아니었다는 것도.

아무래도 저 테이프를 하나 가져야만 하겠다는 마음이었다. 반드시 구매하리라! 내 딴에는 큰맘을 먹고 엄마에게 선전포고했다.

"나 H.O.T. 테이프 살 거야."

보고 있나? 엄마? '사도 돼?'가 아니고 '살 거야!'였다. 하.하.하. 뭐랄까, 그 순간을 굳이 드라마틱하게 표현하자면 그때 처음으로 '조경묵, 박경령 씨의 장녀 조윤경이'가 아니라 진짜 오직 나만의 것인 자아가 처음으로 싹을 틔운 순간이 아닐까. 이전에도 물론 갖고 싶은 것들은 있었다. 한 달에 5천 원이었던 용돈을 모으고 모아서, 갖고 싶은 물건을 산 적도 몇 번 있었다. 하지만 그에 대한 마음가짐만은 고지식하기 짝이 없었다. 어느 정도였냐 하면, 명절에 받은 세뱃돈조차도 두둑하게 받는 것 자체에 기뻐할 뿐 그걸 고스란히 통장에 넣는, 지금 생각하기엔 아주 (사전적 의미와는 살짝 다른 의미로) 음침한 아이가 나였단 말이다! 내 용돈을 내가 모아놓고도, '이거 사도 되나?'라는 물음표가 생기는 물건이 갖고 싶을 때는 부모님의 허락을 받아야만 하는 아이! 그랬던 내가 의문형이 아닌 문장으로 나의 의견을 전달했다는 것은 초딩이었던 나에게 실로 엄청난 사건이었다. 사뭇 비장했던 나에게 엄마는 생각보다 그럭저럭 스무스하게 '그래'라고 했다. 대신 조건은 붙었다. 사게 해주는 대신 공부 열심히 할 것! 와, 씨. 지금 생각해 보니 대땅 치사해. 내돈내산▶에 조건이 왜 붙었지?! 아 근데 뭐. 나도 공부 열심히 안

▶ '내 돈을 주고 내가 산 물건'의 줄임말.

한 건 매한가지니 그걸로 퉁 치자.

아무튼. 그리하여 H.O.T.의 테이프를 사러 가기 전날 밤이었다. MBTI에서 직관형(N)에 속하는 사람답게 그날 밤 생각의 꼬리가 끝 간 데 없이 멀리멀리 뻗어나가던 게 아직도 생생하다. 내일 갑자기 지갑을 잃어버리면 어떻게 할지부터 시작해서 레코드점 가는 길에 교통사고를 당해서 H.O.T. 테이프 한번 가지지 못해 억울한 레코드점 귀신이 된다거나 하는 세상 쓸데없는 상상과 기분 좋은 긴장감이 머릿속을 뱅뱅 돌았다. 다음 날 학교에서도 영혼은 이미 레코드점에 가 있었기 때문에 공부는 될 리가 없었고! 수업이 끝난 뒤 레코드점으로 향하는 나의 심장은, 마치 최애 펫푸드 레스토랑에 들어선 우리집 강아지처럼 터질 것 같았다!

"에… 에이치 오 티… 주세요."

그날의 온도. 습도. 빨개진 내 얼굴과 기어들어 가던 목소리까지 이다지도 생생하다니. 그때, 대중가요 테이프를 산다는 게 나는 정말 수줍고 부끄러웠다. 한 달 치 용돈으로 받았던 5천 원짜리 지폐를 내밀자 아저씨는 H.O.T. 테이프와 함께 2백 원을 거슬러 주셨다. (무려 카세트테이프 하나의 가격이 4천 8백 원이던 시절의 이야기다.) 되게 자연스럽게 '당시 앨범 가격이 5천 원 안 되었던 거 맞지?!'라고 생각하고 금액이 바로 떠올랐다. 뒤이어 '지금 물가가 이런데, 설마 진짜?! 앨범이 그렇게 말 안 되는 가격이었다고?!'라는 기분이 들어 한때 전교에서 모르는 사람이 없었던 '희준 부인' 삐약이(클럽 H.O.T.출신, 집에 아직 하얀 우비 있음)에게 확인도 한 번 거쳤다. 요즘 앨범은 앨범 자체가 하나의 굿즈가 된 데다 디자인도 재질도 너무나 다양해져서 그 나름대로 의미와 가치가 있다지만, 그때의 테이프와 CD 들은, 정말 군더더기 없이 담백했다. 사진이 담긴 가사집은 연약한 플라스틱 케이스에 들어갈 크기 정도였고, 포토 카드 같은 것은 당연히 없었다. 멤버별로 베스트컷이 두어 장씩 겨우 들어가 있는, '음반'이라는 정체성에 너무나 충실했던 앨범들. 처음으로 아이돌 앨범에 쓴 4천 8백 원은 지금의 내가 있는 FUTURE에 지불한, 첫 티켓 값이었는지도 모르겠다. 난 내 세상은 내가 스스로 만들 거니까. 가요 테이프를 사는 일,

처음에만 그렇게 떨렸지 그다음부턴 거침이 없었다. 그 뒤로는 갖고 싶은 아이돌의 테이프는 다 샀다. 한 달에 5천 원이었던 용돈은 그 이전에는 2만 원, 때론 3만 원까지도 곧잘 모이곤 했는데 그 뒤로는 1만 원 이상은 잘 모이지 않았다. 앨범도 사야 했고 중학교에 간 이후로는 노래방도 가야 했기 때문이다! 아 그… 노래방이라는 게 처음 생겼을 때! '노래방 유행'에 대한 신문 기사까지 나올 정도로 노래방은 센세이션이었는데, 여기서 그 시절 노래방 얘기를 하면 편집자님이 어서 본론으로 돌아오라고 하실 거 같다. 띠로리… 아무튼, 그런 시절이 있었다. 가라오케 말고 한국식 노래방이 생기기 시작한 때. 가족 외식 후에는 온 가족이 함께 노래방에 가던 시절. 아빠가 회식하고 들어오는 날은 '아빠 노래방 갔겠네! 우왕 좋았겠다~' 하던 시절이… 있었다.

많은 사람이 알다시피 SMP는 이제 고유명사이자 장르가 되었다. 여기서 P는 물론 퍼포먼스를 의미하긴 하지만 SMP의 코어는 아무래도 그거지. 바로 사회에 대해 던지는 지속적인 메시지다. 지금, 말 그대로 지구를 뿌신 BTS의 노래를 듣고 지구 반대편의 팬들조차 '그들의 노래에서 희망

새천년 코리안 보이후드

과 메시지를 느꼈다'고 절절하게 이야기하는 것처럼, SMP 역시 꾸준히 그들만의 메시지를 외쳐왔다. 그 먼 과거에서부터 끊임없이, 대중적으로 인기를 가진 하나의 팀이 사회를 위해 해야 할 일이 무엇인지 꾸준히 되새기며 전파하고 있었다.

제목부터가 무려 〈We Are The Future〉였다. 이 노래는 미래를 조금 다른 방식으로 이야기한다. 어릴 때부터 자주 듣던, '너는 미래에 ○○가 되고 싶니?' 또는 '미래를 위해 ○○가 되는(하는) 것이 좋단다' 같은 가르침이 아닌, 우리 스스로가 그냥 FUTURE 그 자체라고 끊임없이 외치는 노래다. 사실 그땐 그게 어떤 의미인지 깊이 고민해 보거나, 답을 생각해 놓지는 않았다. 그냥 노래하고 춤추는 오빠들이 멋있었지. 그런데 도리어 그때보다 긴 시간이 지나, 틴에이저Teenager에서부터 멀리 떨어지고 나니, 우리가 스스로 미래가 된다는 말이 꽤 뭉클하게 다가온다. 늘 비슷한 질문을 받다 보니 미래를 고민하는 일은 막연히 10대만의 전유물 같았다. 하지만 살아 숨 쉬는 한 내게 미래는 매일 있고, 해

내고 싶은 일이 있는 사람에게 미래란 끝임없이 밀당하는 '썸' 같은 존재임을 알아버렸으므로. 잡힐 듯 잡히지 않아 가슴 졸이기도 하고, '에라, 모르겠다' 하고 세게 들이대고 싶었다가, 어느 날은 마냥 장밋빛일 것처럼 사랑스러운 부분이 그러하다.

SM의 많은 노래가 은유와 메타포로 이루어져 있는 것에 비해 SMP, 더구나 초기의 작품들은 그 표현이 매우 직설적이고 거칠었다.

낡아 빠진 것 말도 안 되는 소린 집어치워
집어치워 난 지금부터
내 인생의 주인은 나라 말하겠어

이처럼 〈We Are The Future〉에는 반항기 가득한 표현들이 보인다. 요즘의 SMP와는 또 다른 양상이다. 개인적으로 느끼기에 지금의 SMP는 예전의 날선 비판 논조보다는 좀 더 긍정적인 관점을 갖자는 취지로 가고 있는 듯하다. (나 역시 이런 흐름에 진심으로 공감하며 따라가려고 노력 중이다.) 그

새천년 코리안 보이후드

에 비해 오랜만에 다시 들은 이 노래는, 90년대 틴에이저의 본새가 여실히 드러난다. 당시의 팬클럽 문화도 그랬다. 지금보다 훨씬 날것의 느낌이지만, 표현에 있어서만큼은 우리 다들 진심이었다.

난 내 세상은 내가 스스로 만들 거야
똑같은 삶을 강요하지 마
내 안에서 꿈틀대는 새로운 세계 난 키워 가겠어

소년들이 세상에 외친다. 언제까지 우릴 그들만의 틀에 맞춰야만 직성이 풀리냐고. '사춘기'를 떠올리면 우선 어른들의 말에 '아닌데'라든가, '싫어'가 먼저 튀어나오던 모습이 생각난다. 어쩌면 소년에서 어른으로의 변태를 앞둔 그때의 우리는 본능적으로 알고 있었는지도 모르겠다. 그저 그런 어른이 되고 싶지 않다고, 그저 그런 어른들의 생각이 싫다고. 꿈꾸던 것과 다른 어른이 될지도 모른다는 불안감과 두려움을, 어떻게 표현할지 알 수 없어 자꾸만 화가 나는 기분. 기성세대들은 그 두려움들을 자기 편의대로 '반항'이라 정의하는 것은 아닐까. 그렇게 치부해야 자기들의 생각이 옳은 것이 되고 10대의 생각을 미숙한 것으로 상정할 수 있으니 말이다. 어차피 모두 죽는 날까지 미숙하기론 별반 다를 거 없으면서. 참 어른들은 끝까지 비겁하네…라고 생각했다.

한 번쯤 나도 생각했었지
내가 어른이 되면 어떤 모습일까
항상 이런 모습으로 살 수 있을까

10대 때에는 불만족스럽고 답답한 것들이 너무 많아서, 마음속으로 주문을 외웠다. '앞으로 많은 것이 달라질 거야! 언젠가는(막연하다) 나도 잘나갈 거야! 스무 살만 되어 보아라! 다 죽었다!' 이 같은 치기 어린 생각을 하면서도 한편으로는 늘 '항상 이런 모습으로 살 수 있을까?' 같은 마음도 공존했다. 간직하고 싶었던 그때의 것들이, 그다지 구체적으로 떠오르지는 않는다. 하지만 내 심장에 꾸준히 주입되어 온 SMP의 메시지는, '간직해야 할 것들'에 대해 의미 있게 발현되는 중인 것 같다. 예전에 제출하던 가사 시안의 8할이 사랑 노래였다면, 최근에 제출하고 있는 작품들 안에서 사랑 노래의 비율은 절반 정도로 뚝 떨어졌다. 나머지 부분들은 공감과 위로의 이야기들로 채워지고 있는데, 이 현상들은 SMP로부터 물려받은 것들을 바탕으로 내 나름의 노력이 더해진 결과다. 작사가가 되어서. 곡을 기획할 때 한번 더 고민하게 되어서.

'우리가 바로 미래'라는 메시지를 써서, 미래로 보내고 싶어졌다. 그래서 누군가 먼 훗날에 그 메시지가 담긴 노래를 다시 들었을 때 '아!' 하고 통찰할 수 있는 지점이 있었으면. High five Of Teenager의 노래를 듣고, 서른이 넘어서야 '그러네. 맞네, 맞아' 하며 무릎 탁! 깨달음을 얻은 나처럼 말이다.

Twinkling of paradise
one more your life

...   T.O.P   ♥
신화

▮◀   ▶   ▶▮

드디어 올 것이 왔다. 내게 첫 '최애'가 생기던 순간을 이야기할 때가! 하하! H.O.T. 테이프 앨범 구매가 K-POP으로 향하는 포문이었다면, 신화는 내게 덕질의 기쁨을 알게 한, 첫 아티스트였다.

이 책을 기획할 때, 작사 팁과 관련된 내용도 후보에 있었다. 나라는 사람을 두고 가장 떠올리기 쉬운 주제였지만, 쓸 수 없다고 생각했다. (벌써 두 번째 책을 내고 있다는 것도 쑥스럽고 믿기 어렵지만) 아무리 머리를 쥐어짜도 작사 비법 콘셉트의 원고는 도저히 못 쓰겠다고 편집자님께 백기를 들었다. 그러면서 역으로 제안드렸던 것이 바로 지금의 원고다. 그때 샘플로 간단히 몇 줄을 적어서 넘겨드렸던 글이, 신화의 〈으쌰! 으쌰!〉와 관련된 것이었는데, 다행히도 좋게 봐주셔서 이 책의 콘셉트가 잡힐 수 있었다. Um… 역시 마음에서 우러나는 사랑이란 이런 걸까. 아무튼. 그래서 신화에 대한 글을 쓴다면 자연스레 〈으쌰! 으쌰!〉를 써야지? 생각했었는데… 곰곰이 되짚어 보다가… 내가 내 발로 입덕▶ 문턱을 넘었던 때의 활동곡은 〈으쌰! 으쌰!〉가 아니라 〈T.O.P〉였음을 기억해 냈다! 〈T.O.P〉에 대해 쓴다면 좀 더 하고 싶은 말도, 의미 있는 말도 많이 나오겠는걸. 역시 인생이란 한 번에 마음먹은 대로 가는 법이 없다.

"있잖아. 너는 누구 좋아해?"

슬며시 묻는 짝꿍(이하 야옹이)의 표정에는 사뭇 진지함

▶ 덕질에 입성함.

이 느껴졌다. 누구 좋아해? 앞에 생략된 수식어가 '아이돌'이라는 건 옆에서 한창 이어지던 친구들의 토크를 통해 이미 알고 있었다. 그런데 문제는 내가…

"······나 그런 거 없는데."

중학생씩이나 된 주제에 최애 하나 없는 찐따였다는 것이었다. 내 발로 레코드점에 가서 테이프를 살 정도의 용기는 생겼으나, 뭐랄까. 그때까지만 해도 내 기준 OPPA▶가 생긴다는 것은, 날라리가 되는 것과 동급이기 때문에! 그냥 가요 프로그램을 챙겨 보고 테이프 앨범을 사는 정도의 현실에 안주하고 있었단 말이다! 그래서 야옹이와 아이들이 최애는 누구냐고 물었을 때 수많은 오빠의 얼굴이 머리를 스쳤음에도 불구하고, 콕 집어 어느 오빠라고 특정할 수가 없었다.

▶ '오빠'를 소리 나는 대로 적은 영문. 해외 팬들이 자주 쓰는 용어였으나 국내 네티즌들도 즐겨 사용함.

"그럼 너… 이 오빠 어때?"

야옹이가 앤디 오빠 사진을 내밀며 조심스레 내게 물었다. 그니까 이게 뭐냐 하면, 그런 거다. 야옹이를 비롯한 이 다섯 명의 친구들은 여섯 명의 신화 오빠들 중 저마다 한 명씩 각자의 전담 최애를 가지고 있었다. 그런데 참으로 아쉽게도… 어쩌다 신화라는 팀을 좋아하는 애들끼리 모여보니 총 다섯 명이었는데, 그중 앤순이가 없었던 거다. 앤디 오빠 좋아하는 애 한 명만 더 있으면, 여섯 명이 딱 맞아 완전체가 될 수 있는데……! 그렇게 완전체를 향한 열망으로 아직 최애 없을 만한 애 없나 찾다 보니, 아방한 교복 핏에서부터 '아직 덕질 제대로 안 해봤음'의 기운을 온몸으로 뿜어내고 있는 띨한 친구가 바로 옆에 앉아 있었던 거다.

"이 오빠 어때?"…드르륵… 탁! ▶▶
"이 오빠 어때?"…드르륵… 탁!

▶▶ 카세트테이프를 되감기해 재생하는 소리에서 비롯된 신조어. 보고 싶거나 듣고 싶은 구간을 반복 재생하고 있음을 의미함.

"이 오빠 어때?"…드르륵… 탁!

야옹이의 목소리 너머로 울려 퍼지던 드르륵, 탁! 바로 선택의 순간이다. 여기서 저 오빠를 잡으면 나는 야옹이 무리에 자연스레 합류하게 될 것이고, 뭣도 아닌 모범생 자아에 발목이 잡히면 '찐따보다 더 찐따스러움'의 벽을 끝내 넘지 못할 거다. 불현듯 중학교에 입학하자마자 가입했던 걸스카우트 국제 야영이 떠올랐다. H.O.T.도 젝스키스도 딱히 파지 않고 '나는 그런 거 잘 몰라' 하며 쭈뼛거리다가, 애들 사이에서 좀 모자란 애로 찍혀 야영 내내 왕따였던 그때가.

"좋은 것 같아!"

분명 좋은 것 같다고, 말했다. '좋아'도 아니고 '좋은 것 같아'라고. 야옹이를 비롯한 그때의 친구들은 내 대답을 듣자마자 격한 환영의 미소를 보여주었다.

"이 오빠 이름은 앤디야. 한국 이름은 이선호고. 팀에서는 막내를 맡고 있어."

그때 알았다. 아, 이 오빠 이름이 앤디구나. 친구들은 그때부터 이른바 '늦덕'▶이 된 나를 마치 아기새처럼 대했다. 당시 오빠들이 〈해결사〉와 〈으쌰! 으쌰!〉에 〈천일유혼〉까지 이미 활동을 마친 상태였기에 그 사이에 쌓인 떡밥들이 진짜 많았는데, 애들은 그 많은 떡밥을 매일매일 열심히 나에게 물어다 주었다. 당시에 학교 앞 문방구에서는 인기 아이돌 멤버들의 사진을 팔았다. 멤버별로 개인 컷, 단체 컷을 나눠 담은 비닐 케이스가 순서대로 꽂혀 있었다. 그중 마음에 드는 사진을 골라서 장당 3백 원(나중엔 5백 원으로 올랐다)을 내고 그 사진을 구매하곤 했다. 아이돌이 등장한 잡지도 친구들은 막 뜯어주었다. '뜯어주었다'는 말은, 서점 맨 앞에 진열되어 있던 하이틴 잡지에 실린 오빠들의 사진과 인터뷰를 최애별로 서로서로 나눠 갖던 아름다운 미풍양속

▶ 늦게 입덕함.

을 뜻한다. 여기서 관건은 종이 한 장의 앞뒷면에, 내 최애 오빠와 친구 최애 오빠가 인쇄되어 있으면 살짝 곤란해진다는 거다. 참고로 얇은 잡지의 가격은 대충 5천 원, 두꺼운 건 7천 원이었다. 우리 오빠가 메인모델이거나 특집 기사가 올라오는 달의 잡지는 학교 마치자마자 얼른 뛰어가야만 살 수 있었다. 와, 지금 생각하니 진짜 만화 〈검정 고무신〉이 따로 없다. 하여튼! 친구들이 자기가 두 장씩 사놓은 사진들이라면서 오빠들 사진도 막 나눠줬다. 나눠주며 그녀는 마치 쪽지 시험 보듯 점검하는 일도 잊지 않았다.

"이 오빠 이름은?"

"이민우!"

"오오! 맞아! 맞아!!"

지금 생각해 보니 정말 착한 친구들이었다. 그 나이대 여자아이들에게 또래 집단이란 우주와도 같은데 말이다. 그들의 초대는 언제나 약간 겉도는 것 같던 나를, 최대한의 중력으로 기꺼이 자기들의 우주 안으로 끌어당겨 준 사건이었다. 어찌 보면 또래 집단에 끼고 싶어서 앤디 오빠를 이용한 것 같기도 하고. 약간 입덕 의도가 불손한 것 같지만……. 여기서 또 하나 뻘하게 터지는 지점이 있었으니 바로 내가 아주 어렸을 때부터 뭐에 한 번 빠지면 그 세계에 아예 쑤셔 박히는 모태 과몰입러였다는 거. 이미 나는 어미 새들이 물어다 준 떡밥의 냄새만으로도 신화 짱팬이 될 기질을 차고 넘치게 가지고 있는 사람이었다.

야옹이와 친구들이 '너는 오늘부터 신화 팬'이라고 1일을 점찍어준 날부터 내가 진심으로 앤디 오빠의 팬이 되기까지는, 그리 긴 시간이 필요하지 않았다. 자고로 자식이란 부모 뜻대로 되지 않아야 제맛이지. 모든 오빠들의 모습이 세상 처음이었던 늦덕은, 친구들과의 간극을 좁히기 위해 최선을 다했다. 당시 나는 체육·수학·과학 과목에 있어서는 거의 바보나 다름이 없었지만, 미술과 글쓰기라면 자신이 있었다. 어느새 나는 방과 후 친구들과 함께 서로의 집에 모여 오빠들 사진으로 다이어리를 꾸미고, 그와 관련된 글들도 부지런히 채워넣고, 결국에는 교과서 래핑을 하는 경지에 이르렀다.

그렇게 시간이 흐르고 흘러 〈T.O.P〉가 발매될 무렵, 나는 이 친구들과 함께 신화라는 거대한 세계관에 완벽히 녹아든 상태였다. 그 이후로 아주 오랫동안 나는 그들의 팬으로 살았다. 굳이 문장의 맺음이 과거형인 것에 큰 의미는 없고… 요즘은 오빠들이 활동하지 않고 있는 관계로 열렬하게 신화를 팔 타이밍이 특별히 오지 않아서다. 탈덕▶이라기보다 약간 강제 휴덕▶▶ 느낌?… 어찌 되었든 간에 그때, 그 친구들을 만나서, 그 친구들이 좋아하는 오빠가 있느냐고 나에게 물어봐 주어서, 참 즐거운 학창 시절을 보냈다. 덕분에 열렬한 팬으로, 좋아하는 가수에게 일방적으로 마음을 쏟기만 해도 행복한 순간이었다. 그때 그 시절 느꼈던 빛을 구체화된 텍스트로 표현하자면, 바로 그것이 Twinkling of Paradise 가 아닐까… 생각한다.

돌이켜 보니 신화의 SMP는 H.O.T. 선배님들의 것과는 약간 그 결이 달랐다. 이를테면 통계적으로 선배님들은 조

▶ 덕질에서 탈퇴함. 입덕의 반대말.
▶▶ 덕질을 쉬고 있음.

금 더 사회 비판적 논조와 정의 구현을 향해 달리고 있었다면 신화 같은 경우엔 어쩐지 사… 사… 사랑의 세계관이랄까.〈T.O.P〉만 해도 천년의 사랑을 노래하고 있지 않은가!

마지막까지 널 포기할 수 없는〈해결사〉, 기차를 타고 버스를 타고서 떠나자는〈으쌰! 으쌰!〉를 지나, 뉴 잭 스윙new jack swing 맛보기 같던〈천일유혼〉을 거쳐〈T.O.P〉가 발매되었을 때. 얼마나 많은 소녀가 이 백조의 호수에 몸을 던졌던가? 기존 팬들이야 대체로 그대로 안고 간다 치고, 팬덤이 커지는 데 제일 크게 일조하는 게 일명 '유입(팬)'이다. 도입부에서 샘플링되어 들려오는〈백조의 호수〉에서부터 유입 대범람은 시작되었다… 콸콸콸……. 게다가 이름도 어딘가 멋진 '뉴 잭 스윙'! 크흐! 작사를 업으로 하면서 정말 많은 데모를 들었기에, 모르는 사이에 나는 아마 아주 많은 장르의 곡을 접했을 것이다. 하지만 작곡을 배운 적이 없고, 장르에 대해 공부해 본 적이 없어 이 노래가 무슨 장르냐고 물어보면 여전히 잘 모르는 내가! 지금까지도 기억하고 있는 단어, 뉴 잭 스윙. 가사를 쓸 때도 그렇고 단어의 모양이나 발음이 주는 분위기를 제법 중시하는데, 이 뉴 잭 스윙은 흘러가는 발음들 사이 '잭'이 탁 꽂혀 있어 그런지 단어만 가지고도 이 장르가 어떤 분위기일지 대충 연상이 된다. 분명히 '뉴' 하고 '잭' 하고 '스윙' 하겠지. 대충 뭔가 은근하고 섹시하고 오지고 지릴 것만 같다.

가사를 쓰다가 가끔 받는 디렉션에 '신조어도 좋다'라는 내용이 들어갈 때가 있다. 신조어? 말이 쉽지 막상 시도해보면 참 난감하기 그지없는 것 중 하나가 신조어다. 다른 곡에서 나온 신조어들은 "아~ 그렇대?" 하고 별생각 없이 넘어가는데, 막상 신조어를 '창조'하려고 하면 "앗, 제가 감히 세상에 존재하지 않는 단어 같은 것을 만들어도 되겠는지요? 제가 보기보다 창의력이 좀 부족합니다…" 같은 기분이 되어버리는 것이다. 앞서 말한 '그런가 보다~' 식으로 넘어갔던 신조어의 전형적인 모습이 바로 이 곡에 있다.

My love "D.R.C" 너도 힘들겠어
어제 다시 찾아온 널 받아 준다 했을 때(…)
내 품에 언제나 살아 있고 싶은 걸 느껴

The way of "M.I.L"(…)

"D.O.P""D.O.G" 널 보낸 후에 나는 알게 됐었어

　유영진 아버지. 당신은 대체……. 이사님이 진심으로 대단하시다고 느껴지는 지점이 바로 이런 것이다! 대체 어떻게 이런 것을 만들어 내시는 것인가! 하고. 모르시는 분들을 위해 뜻풀이를 덧붙인다.

　D.R.C : Dangerous, Risky, Chaos, 위험, 위기, 혼란의 상태

　M.I.L : Millenium Innocent Love, 천년이 지나도 변치 않을 사랑

　D.O.P : Delight Of Passion, 천국의 기쁨

　D.O.G : Delight Of Gorgeousness, 멋진 세상의 기쁨

　단어 뜻 하나하나 이 얼마나 오타쿠의 심장을 후벼 파는지. 가능하다면 청소부터 시작해서라도 그 비결을 배우고 싶을 지경이다. 이런 단어는 대체 어떻게 조합하시는 거냐고. 곡 전체 가사가 가지고 있는 톤의 재미도 따로 있다.

네가 돌아오는 길에 내가 서 있을게 준비했던 만큼만

그리움과 내 사랑과 멍이 들어버린 가슴 보여주겠어

다신 나를 떠날 생각 마 행복하게 해줄게 이젠

천년이 가도 변치 않을 사랑이라더니, 이 얼마나 대단한 순정인가. 너는 나를 버리고 떠났고, 그때 내 마음엔 미워하는 마음까지 남았음에도, 그 상대에게 나의 천년을 바치겠다니. 뒤로 구르며 발매해도 터질 수밖에 없던 곡이 아닐까. 꼭 팬이 아니더라도 세기말, 이렇게 맹목적인 사랑을 맹세하는 소년들(심지어 잘생기기까지 한)이 나타났으니, 사춘기 소녀들은 자신을 향한 노래라고 생각하며 빠져들 수밖에 없었다.

앞에서도 잠시 언급했듯 신화의 활동곡들은 SMP인 듯 SMP 아닌 듯한 구석이 있다. 각 잡힌 원조 칼군무나 화려한 동선의 형태 등은 분명 초창기부터 시도되어 온 SMP와 결을 같이 하지만, 곡 전체에 사랑 이야기가 많다. 되짚어 보니 신화표 뉴 잭 스윙이라는 장르 때문인 것 같은데, 어찌 됐든 사랑의 서사를 따라가다 보면 오빠들이 나이가 들고 연차가 쌓여가며 곡의 분위기가 점점 성숙해지고 섹시해졌음을 알 수 있다. 신화의 많은 노래는 지금 들어도 두루두루 세련된 느낌이지만, 그중에서도 〈T.O.P〉는 단연 TOP가 아닐까. 몽환적인 멜로디 라인, 섬세한 남자와 나쁜 남자 사이를 묘하게 오가는 가사, 물이 오른 오빠들의 비주얼(특히 김동완 오빠의 흰 브릿지머리), 아직까지도 칼 같은 군무, 소녀들의 가슴을 뛰게 한 대망의 가쿠란▶ 착장까지!

뜬구름 잡는 상상을 굉장히 많이 하는 편이지만 놀랍게도 아직 나의 유언에 대해 생각해 본 적은 없다. 〈T.O.P〉 관련 영상을 한참 찾아보다가 갑자기 유언을 떠올렸다. 유언장에 적어 넣고 싶은 말이 생겼기 때문이다. 내가 죽거든 수의는 삼베 어쩌고 말고 꼬옥 〈T.O.P〉 가쿠란으로 맞춰주렴. 참고로 이것은 부탁이 아니라 통보란다.

▶ 목닫이 남학생복의 속칭. 일명 '차이나 칼라china collar 교복'. 학원물을 대표하는 이미지 요소로 자리 잡음.

눈물 따위 없어 못써 폼생폼사야

사나이 가는 길(폼생폼사) ♥
젝스키스

이 ▶ 이

젝스키스와 그들의 보이후드Boyhood에 대해서 이야기를 시
작하려면, 무조건 떠올려야 하는 날짜가 있다. 바로 1999년
7월 17일. 젝스키스 멤버가 주연을 맡았던 청춘 영화〈세븐
틴〉의 개봉일이다.

반란… 그 이름 세븐틴…
열일곱/살에는/누구나
자기가/서/있는/장소에서/전투를/치른다

영화의 핵심 카피마저 이다지도 세기말스러울 수가 없는 것이다! 젝스키스에게 〈세븐틴〉이 있다면, H.O.T.에게는 〈평화의 시대〉가 있다. 이 영화 같은 경우에는 현실을 기반으로 한 내용이 아니었으므로 일단 열외로 두자. 혹시라도 궁금해할지 모를 누군가를 위해 이 영화에 대해 간단히 설명하자면, 서기 2200년 우주를 배경으로 평화를 기원하는 친목 축구 경기 '갤럭시컵' 개최와 관련한 SF장르 3D 영화다. 물론! 주인공은 H.O.T. 멤버들이다. 상영관에서 몸소 직관한 삐약이의 후기에 따르면 항마력이 필요했던 것은 맞지만 우리 오빠가 나올 때 저절로 튀어나와 버리는 '꺅'은 어쩔 수 없었다고. 당연히 당시엔 영화관 앱도, 온라인 예매 따위도 없었다. 1인에 5천 원, 무조건 현장 발권이었다. 학생 할인을 받거나 아침 일찍 조조할인으로 표를 끊으면 3천 원으로 극장에서 영화를 볼 수 있었다. 〈세븐틴〉도 마찬가지였다.

흔히 말하는 '투 라인two line'▶ 구조로 진행되는 이 영화

▶ 두 개의 스토리 라인이 교차되거나 유기적으로 이어져 한 편을 채우는 구조.

를, 나는 TV로 봤다. (명절 때 TV에서 틀어주어서!) 지금 생각해 보면 음… 주인공 전부 고등학생인데 일단 오대오 칼 머리를 해! 거기에 힙합 바지 입고 오토바이를 타! 힙합 바지에 체인 거는 거 잊지 말고! 상의는 오버핏! 클리셰 범벅의 일탈을 해버려! 여기다가 임신 얹고, 임신한 여자친구와 함께 오토바이를 타고 달리던 채로 쫓기다 청평호에 떨어져 익…사…. 두둥. 이렇게 자극적일 수가. 게다가 이 모든 걸 무려 젝스키스 오빠들이 연기했다는 것이다. (-0-)

세기말 감성을 영혼까지 끌어모은 이 영화는 블록버스터급 성공까지는 아니었지만 팬들 사이에서는 소소하게 n 차 관람이 이어지곤 했었다. 세기말 10대들의 감성에는 그럭저럭 먹히는 코드였던 걸까. 물론 지금의 학원물 관점에서 보면 정서적으로도, 심의상으로도 피해야 할 요소들이 있다. 시대가 바뀐다는 것은 퍽 심오하다. 오늘날 아무렇지도 않은 말이나 생각들이 언젠가 미래에는 빻은 소리가 될 수도 있으니까. 스마트폰에 너무 절여지지 말고 살아야 하는데 그게 참 어렵다. 잠들기 전 인터넷 세상이 너무 즐거운 탓이다.

하여튼. 이처럼 〈세븐틴〉의 거친 스토리 라인이, 나는 그 시대에 남자아이들이 닮고 싶어 했던 이른바 '간지'▶가 아니었을까, 막연히 추측해 본다. (그 영화를 보러 극장에 온 관객들은 대체로 젝스키스의 팬인 소녀들이었겠지만.) 당시 유행한 청춘 영화들을 몇 편 떠올려 보면 이해하기 쉽다. 그 밑도 끝도 없는 반항기와 고독함! 끝없는 방황! 같은 것들을 영화 〈세븐틴〉에서도 거의 그대로 답습하고 있기 때문이다. 그 시대 남자아이들이라고 불안하고 미숙한 점이 없었을까. 사춘기의 태풍이 남자아이들이라서, 혹은 여자아이들이라서 더 극심하고 덜 극심하지는 않았을 테니까 말이다. 그때 우리는 모두 7교시까지 학교에 잡혀 살고, 정규 수업 시간은 끝난 지 오래인데, 정신 차리면 식판 들고 석식 받으러 줄 서 있고. 야간 자율학습까지 하고 나면 별 보며 하교하는 게 일상이었다. 남자들도 매한가지였겠지. 그러니 그들 역시 얼마나 탈출 비슷한 것을 하고 싶었을까.

▶ 일본어 感じ(느낌, 감각)에서 비롯한 단어로, '멋, 스타일, 폼'과 같은 단어로 대체 가능함.

이 탈출과 관련한 에피소드를 하나 풀어볼까 싶다. 옛날 1세대 아이돌 시절의 레코드점에 대해서! 그때는 지금처럼 대형 문고와 연결된 음반 전문 판매점이 없었다. 인터넷으로 물건을 사고 택배로 받고, 심지어 드론으로 받는 세상이란, 아주 먼 미래의 이야기로만 여겼던 그런 시대의 이야기다. 그때는 개인이 하는 작은 레코드점이 제법 많았다. 시내에 나가도 지금의 서점보다 많았던 작은 레코드점들은 중, 고등학생들이 많이 지나다니는 길목에는 한두 개쯤 꼭 있었다. 자연스레 그 위치는 학교 근처가 되곤 했고 내 본진의 앨범이 나오는 날이야말로 레코드점 문턱이 닳는 날이었다.

"나 오늘 담 넘을 거야."

사뭇 비장한 얼굴로 친구 고라니(젝스키스 짱팬, 최애는 은각하▶▶)가 말했다. 순간 싸늘해지는 분위기. 그도 그럴 것이

▶▶ 젝스키스의 리더인 은지원을 부르는 애칭 중 하나. 그의 리더십과 카리스마 있는 면모를 보고 팬들이 붙였다(고 전해짐).

고라니는… 반장이었기 때문이다! 심지어 그냥 반장도 아니었고 《빨강머리 앤》의 세계관으로 치면 다이애나 같은 아이. 모두에게 상냥하고 선생님 말씀도 잘 듣고. 포지션은 모범생이지만 성적은 그렇게까지 상위권은 아니었던 나와는 달리 고라니는 공부도 잘하는 아이였다. 그런 아이가 점심시간에 월담을 하겠다는 것이다.

"이번에 젝키 앨범 꼭 1등으로 살 거야."

고라니는 진심이었다. 결연한 표정이 모든 것을 담고 있었다. 가수의 앨범이 발매되는 날은 대체로 평일이었고, 아침에 물류 센터가 일을 시작하면 대체로 오전 중에 동네의 구석구석 작은 레코드점으로 앨범이 전달되곤 했다. 그렇게 정오쯤 되면 웬만한 소매점들에 앨범이 깔렸다. 그런데 우리는 뭐다?! 학생이다! 그 시간에 어디 있다?! 학교 교실에 있다! 오빠들 앨범을 사려면 빨라야 방과 후니까 세 시는 되어야 했다. 물론 그 사이에 앨범이 동나서 못 사거나 하는 일은 없었다. 그때만 해도 지금처럼 막 팬 사인회 응모 같은

개념이 없었다. 즉 지금처럼 높은 팬사컷▶을 위해 개인이 많은 양의 앨범을 구매할 일이 없었다. 카세트테이프, CD를 타입별로 나눠 들을 것 하나, 소장용 하나 담아 총 네 개 구매가 국룰이던 시절. 그러니까 방과 후에 가더라도 충분히 내 몫의 앨범을 구입할 수 있었다. 혹시 해당 레코드점의 물량이 다 나갔더라도 시내에 있는 조금 더 큰 매장에 가면 충분히 살 수 있었다. 그런데 꼭 점심 시간에 담을 넘어 앨범을 사겠다는 것은 오로지 열쩡! 열쩡! 열쩡! 그거 하나였다. 오빠들 앨범을 조금이라도 먼저 손에 넣고, 보고, 듣고 싶은 순수한 열정!

점심 시간이지만 제대로 된 외출을 하려면 담임 선생님께 말씀드려 '외출증'을 끊어야 했다. 그런데 고라니는 굳이 담을 넘겠다는 것이었다. 사실 고라니 정도 모범생쯤 되면 병원에 다녀온다는 식의 핑계를 대고 충분히 제대로 된 외출증을 받을 수 있었을 터. 그걸 교문 앞에서 경비 아저씨께 보여드리면, 편안히 레코드점에 다녀올 수 있을 텐데.

▶ 팬 사인회에 당첨될 최소한의 확률.

"근데 그러면 그건 거짓말이잖아…."

눈썹을 팔자로 만든 고라니가 말꼬리를 흐렸다. 거짓말은 안 되고, 월담은 된다고?! 논리에 살짝 문제가 있는 듯한 건 기분 탓일까. '월담'이라는 표현을 사용했지만, 우리 학교는 '담' 하면 바로 떠오르는 이미지의 담장을 가진 곳이 아니었다. 학교가 산에 있었기 때문에 학교를 탈출하려면 학교 건물 뒤의 큰 운동장(무려 두 개)을 이용해야 했다. 흡사 콜로세움처럼 운동장을 감싼 스탠드를 지나 허술한 철망 틈 사이를 비집고 산을 타야 '담을 넘는 것'이었다. 그렇게 등산로로 진입해 산등성이를 따라 내려오는 것이 그날의 탈출 루트. 되돌아올 때도 똑같은 길을 거슬러 올라와야 했다. 고라니는 젝스키스 앨범을 고작 두세 시간 빨리 듣기 위해 그 일을 하겠다는 것이다. 그리고 어쩐지… 우리는 모두 한마음 한뜻으로 고라니를 응원하고 있었다.

"3교시 끝나고 체육복 먼저 갈아입어. 산에서 스타킹 다 나가더라."

짐짓 츤데레▶스러운 표정으로 응원을 건넨 것은 다름 아닌 기린(H.O.T.팬, 최애는 이재원)이다. 나중에 들은 얘기지만, 그 순하던 고라니의 월담 롤모델이 기린이었다고 한다. 둘은 평소에 특별히 친한 사이도 아니었는데, 점심 시간에 훌쩍 나가 H.O.T. 앨범을 소중히 안고 돌아오던 기린의 모습이 모범생이던 고라니의 심장에 불을 지폈다고. 그 시절 매체에서는 H.O.T.와 젝스키스가, 또는 H.O.T.의 팬들과 젝키 팬들이 마치 영혼의 숙적이라도 되는 양 싸워대는 모습을 다뤘고, 주변에선 이에 부채질을 해대곤 했었다. 하지만 현실적으로 두 팀이 1위 후보로 맞붙지 않는 이상, 교내 현상에서 두 팀의 팬이 서로 머리채를 잡고 싸운다거나 하는 일은 적어도 내 학창 시절 동안에는 일어나지 않았다. 뭐 서로의 오빠 욕을 한다거나 하면 싸움이 날 수 있었을지 모르겠으나, 내 마음의 뿌리는 본진에 내린 채 다른 오빠들의 노래도 두루두루 다 같이 따라 부르고 함께 놀았다. 그리고 잡지 분철을 할 수 있기에! 다른 팀을 좋아하는 친구들과 좋

▶ 겉으로는 차갑고 매정해 보이지만, 속으로는 다정한 마음으로 배려하는 사람을 뜻함. 일본의 인터넷 유행어인 tsundere에서 비롯.

　　　　　　　　　새천년 코리안 보이후드

은 관계를 유지하는 것은 여러모로 유리했다.

4교시. 고라니는 기린의 조언을 받아들여 체육복으로 환복한 상태였다. 우리 모두가 급식실로 향하는 사이 고라니는 운동장을 향해 사라졌다. 급식실에 모여 앉아 이상하게도 재료는 다른데 늘 비슷한 맛이 나는 급식을 먹으며 우리는 고라니 이야기를 조금 나눴다.

"성공했을까?"

"했겠지. 고라니 체육 잘하잖아."

"혹시 잡혔으면!"

"야, 안 잡혀! 쌤들도 식사하시는 시간이잖아."

"고라니 배고프겠다."

식판을 반납하고 우리는 매점으로 가서 당시 매점 시그니처 메뉴였던 땅콩크림샌드랑 사과맛 음료수 하나를 샀다. 고라니의 점심이었다. 점심 시간을 약 5분 남겨놓고, 고라니는 무사히 젝키 앨범을 품에 안고 교실로 돌아왔다. 고라니의 얼굴에는 성취감과 동시에 얼떨떨함이 가득했다. 마치 '내가 이걸 해내다니!' 같은 표정이었다. 그 얼굴을 보며 나도 신화 앨범이 나오는 날은 저렇게 한번 나갔다 와볼까! 하는 생각을 했었으나… 실행에 옮기진 않았다. (신화 앨범이 나오는 날 나는 야옹이 무리와 함께 방과 후 시끌시끌 떠들며 함께 레코드점으로 향했고, 안양일번가에 있는 롯데리아에서 불고기버거 세트를 먹은 뒤 노래방에 갔다.) 한껏 격양된 채 앉아 있는 고라니의 체육복에서 숲의 흙과 낙엽 냄새가 났다. 우리는 남은 점심 시간 5분 동안 고라니 옆에 옹기종기 모여 앉아 같이 앨범을 구경했다. 이후 수업이 끝날 때까지 남아 있는 시간 내내, 고라니는 옷 안으로 넣은 이어폰 줄을 머리카락과 귀 뒤에 감춘 채 선생님 몰래 젝스키스의 신곡을 들었다. 얼마나 좋았을까. 내가 좋아하는 오빠들의 노래를 학교에서 제일 먼저 듣는 기분! 요즘이야 음원 사이트에 신곡이 올라오는 시간을 기다렸다가 바로 접속해서 편하게 듣는 것이 당연하지만. 격동의 90년대, 갓 나온 앨범을 바로 듣기란 적어도 이 정도의 용기는 필요한 일이었다. 그 용기를 기어코 내고야 마는 것이 바로 '간지'가 아니겠는가!

나 폼에 살고 죽고 폼 때문에 살고

폼 때문에 죽고 나 폼 하나에 죽고 살고

사나이가 가는 오 그 길에 길에

눈물 따윈 없어 못써 폼생폼사야

많은 이가 자연스레 '폼생폼사'로 기억하고 있을 이 노래의 정확한 제목은 〈사나이 가는 길〉이다. H.O.T.의 활동 곡들이 어딘가 공익을 위해 작성된 느낌이라면, 젝스키스의 활동곡들은 좀 더 대중의 공감대에 초점이 맞춰진 느낌이었다. 그러고 보니 〈평화의 시대〉와 〈세븐틴〉도 마찬가지였다. 우주의 평화를 지키는 아이들을 다룬 영화와, 질풍노도의 시기를 겪는 아이들을 다룬 영화. 생각해 보면 곧 죽어도 폼·생·폼·사. 폼에 살고 폼에 죽는 것이 그때 소위 '잘나가는 소년'의 로망 아니었을까.

그저 안녕이라 말하고 쓰린 눈물을 삼키며

그녈 두고 돌아섰던 마지막 뒷모습 내가 봐도 멋있었어

폼에 살고 폼에 죽는 나인데

이제 와 구차하게 붙잡을 순 없잖아

맨몸으로 부딪쳤던 내 삶에 그까짓 이별쯤은 괜찮아

지금 와서 다시 천천히 가사를 살펴보니 아이돌스럽기보다는 가요스러운 곡이다. 자고로 아이돌 노래라면 또래 청소년들의 우상이 되기 위한, 약간의 판타지 정서를 바탕에 깔고서 곡이 기획되는 것이 보통인데, 〈사나이 가는 길〉 같은 경우 노래 가사에 떡 하니 '군대'도 등장한다. 군대에 갈까 했던 이유는 여자친구와 헤어져서 충동적으로! 그러고 보니 노래가 호소하는 대상의 범위가 하이틴보다는 조금 더 넓은 것 같기도…. 직장인 회식 자리에서 불러도 전혀 어색하지 않음직한 곡의 구성과 가사였기 때문일까. 실제로 사회생활을 시작한 첫 회식 자리에서, 나보다 두 살인가 많았던 남자 대리님이 2차에서 이 노래를 신나게 부르던 모습이 아직도 생생하다. 소녀 팬들에게 가려져 있었지만, 1세대 아이돌의 노래는 폼 잡는 일에 누구보다 진심인 남학생들 사이에서도 꽤나 인기가 많았던 모양이다.

어머님은 짜장면이 싫다고 하셨어

어머님께
지오디god

아이돌 데뷔곡이라기엔 너무나도 눈물바다였다. 반항기 어린 눈빛으로 자유를 부르짖는 것도 아니고, 내겐 너무 소중한 너를 영원히 지켜준다는 약속도 아니고. 갑자기 어려서부터 우리 집은 가난했다며 자기 고백을 시작하다니. '갑자기 이게 무슨 안물안궁▶이지?'라고 생각할 듯도 한데. 〈어머님께〉는 발매와 동시에 god를 국민 가수행 급행열차에

▶ '안 물어봤고 안 궁금합니다'의 줄임말.

태우고 전속력으로 달리기 시작했다. 4분 언저리의 노래 가사 전체를 채운 이 이야기는, 한 편의 영화나 드라마로도 충분할 정도였다. 당시 수많은 '아버지'의 눈물을 자아낼 만큼 완벽한 서사. 아이돌이라고는 기껏해야 '아, 우리 딸은 신화라는 애들을 좋아하는구나'였던 우리 아빠도, 지오디god의 〈어머님께〉정도는 멜로디 라인을 알고 계실 정도였으니까.

지오디 하면 떠오르는 것, 당연지사 '지오디의 육아일기'▶ 아닐까. 3B 법칙▶▶을 활용한 예능 중에서도 꽤나 성공한 사례로 남아 있는 바로 그 프로그램! 90년대 가족 시간대(오후 6~8시) 예능은 스튜디오 촬영에서 ENG를 활용한 관찰 예능으로 서서히 진화하고 있었다. 육아라고는 해본 적 없는 장정 다섯 명이 숙소에서 어린 남자 아이를 돌보는 이 예능 프로그램의 시청률은 20%대를 가뿐히 갈아치우며 국민예능으로 자리 잡았다. 아기를 돌보는 멤버들마다 각자

▶ 2000년대 초, 지오디가 돌 직전의 아기 재민이와 함께 찍은 (대한민국 최초라 불리우는) 육아 예능 프로그램.

▶▶ 광고·콘텐츠의 주목도를 높이려면, 대중의 시선을 사로잡는 세 가지 요소를 등장시키라는 고전적인 마케팅 노하우. 여기서 세 B는 미인beauty, 동물beast, 아기baby 를 뜻함.

의 역할과 캐릭터가 매우 확실했기에, 특유의 관계성이 돋보일 수 있었다. 이를 시작으로 아이, 멤버, 시청자들 사이에 케미가 단숨에 폭발했고, 그들은 동시간대 라이벌 예능 프로그램을 씹어 먹으며 적수 없는 독주를 계속해 나갔다.

　"다음 세상에는 꼭 재민이로 태어나고 싶어."

　이 문장은 자잘한 소품들을 모두 하늘색으로 도배하다 못해 방학만 되면 하늘색으로 머리를 염색하겠다고 벼르고 있던 너구리(팬지오디 가입, 공방 뛰었음)의 실제 발언이다. 너구리와는 굉장한 단짝친구! 정도까지는 아니었지만 출석번호가 내 바로 앞이었기 때문에 수행평가를 할 때 종종 대화를 나눌 기회가 있었다. 이날 우리는 체육 수업 중이었고, 앞 번호의 아이들 다섯 명이 나란히 서서 줄넘기를 하고 있었다. 각자가 넘은 줄의 개수만큼 뒷사람이 세어주면 이를 적어 체육 수행평가 점수에 반영하는 흔한 수업 시간이었다. 나와 너구리의 차례는 아직도 한참 남아 있었다. 왜냐하면! 그때 당시 우리 반의 인원이 49명이었기 때문에! (심지어 우리 옆반은 52번까지였다.) 그중에서도 나는 무려 43번이었다. 'ㅈ'으로 시작되는 내 이름은, 성씨의 한글 자음 순으로 번호가 매겨지는 시스템 탓에 어지간해선 앞 번호를 받기가 힘들었다. 김/박/이 씨 친구들은 무척 많고, 최/채/한/함 씨 친구들은 몇 안 되니 당연한 결과였지만 말이다. 별생각이 없다가도 이렇게 번호 순서대로 무언가를 해야 할 때면 마음이 답답했다. 참으로 길고 지루한 시간을 견뎌야 했기 때문이다. 앞 번호인 친구들은 일찌감치 마친 뒤 자유롭게 시간을 보내고 있었다.

"이름이라도 '팬 여러분'으로 바꾸고 싶을 지경이야. 오빠들이 맨날 팬 여러분 사랑한다고 하거든."

너구리는 당시 공개방송에도 꾸준히 다니는 아주 적극적인 팬이었다. 모든 방송에 다 가는 것 같지는 않았지만 그래도 지오디의 활동 기간에는 꽤 열심히 다니는 것처럼 보였고, 공방을 뛰고 온 다음 날 너구리는 실감나게 후기를 풀어주는 편이었다. 그래서인지 너구리 주변에는 아이돌 좋아하는 친구들이 늘 한 줌씩 모여 있었다. 각자 자기네 오빠들 봤냐고 물어오면, 너구리는 때때로 봤다는 대답을 해주기도 했다. 사바나 초원(가칭)의 얼룩말(익명)오빠가 벤에서 풀을 뜯고(뭐가 됐든 어떤 행위) 있더라 하는 식이었는데, 그 토크가 가히 구체적일 때가 많아 옆에서 듣고 있으면 저절로 빠져들 수밖에 없었다. 너구리가 풀어주던 '썰'들이 모두 진짜인지 확인은 애초에 불가능했지만, 대체로 다들 그럴 법한 이야기들이었다. 덕분에 아이들은 그 이야길 듣고 있는 것만으로도 마치 얼룩말 오빠를 제가 보기라도 한 양 즐거워했다. 엄마 뱃속에서부터 뭔가에 과몰입 중이었을 것 같은 나도 그랬다. 당시 학년이 바뀌어 야옹이 무리하고도 뿔뿔이 흩어지고 말았던 나는 팬질하는 누군가가 옆에 있다는 것만으로도 쉽게 내적 친분을 쌓아가곤 했는데, 바로 옆에 너구리가 있으니 관심이 쏠릴 수밖에 없었다. 너구리는 종종 나에게 신화 오빠들을 본 썰도 풀어주곤 했는데, 옆에서 귀동냥을 하다 보니 감질나던 어느 날에는 '공방'이라는 것이 너무너무 가고 싶어지고 말았다! 앞서 말했다시피 너구리와는 그렇게까지 친한 사이도 아니었고, 애초에 나는 남에게 '부탁'을 잘하는 성격도 아니었다. 그런데 이런 내가! 너구리에게 부탁이라는 것을 해도 되는 건가?! 감히!

"다음에 공방 갈 때 나도 데려가 주면 안 될까? 내가 롯데리아 쏠게!"

이런 말을 내가 해도 되는 걸까!! 너구리에게 저 한 줄의 대사를 건네는 장면을 상상만 해도 가슴이 두근거리고 심장이 튀어나올 것 같았다! 당시 중학생이던 내 눈에 너구리는 무려 혼자서 버스 타고 전철 타고, 안양에서 여의도까지 갈 수 있는 엄청난 능력자였으니까! 어딜 가든 7시까지는 집에 돌아오라고 엄포를 놓는 엄마를 둔 나에 비해 너구리는 무려 공방 녹화 후 오빠들이 밴 타고 떠나는 모습까지 본 다음 밤늦게 집으로 돌아가는 자유로운 영혼이었다! 어딘가 모르게 친구보다는 언니 같은 느낌이 나는 너구리였다. 그에 비해 나는 사회적으로는 한참 모자란 구석이 많아 보였고…. 공방 갈 때 나도 데려가 달라는 말을 꺼낼, 적절한 타이밍을 엿보고 또 엿보다가! 끝내 그 적절한 타이밍을 나는 찾지 못했다. 정확히 말하자면 '지금인가!' 하는 순간을 몇 번씩 놓쳤던 것 같기도 하다.

결국 이런 시간들이 쌓이고 쌓여, 교복을 입고 다니던 6년이란 기간 동안 오빠들을 현장에서 직관할 기회는 나에게 단 한 번도 주어지지 않았다. 그때 너구리에게 그 말을 했더라면 달라졌을까? 그 아쉬움 때문일까. 작사가로 활동하면서, 작업했던 팀의 공연에 초대를 받게 되면 정말 일정이 안 될 때 빼고는 부지런히 공연을 보러 다녔다. 나에게는 나이 차이가 아주 많이 나는 사촌동생 햄스터(지금은 대학생)가 있는데, 햄스터가 좋아할 만한 팀 공연에 초대받으면 한동안 햄스터를 데리고 다니기도 했다. "넌 언니처럼 학교 다니지 마"라는 말을 꼭 덧붙이면서.

중학교를 졸업한 뒤 고등학교로 진학하기 전 마지막 겨울방학, 길에서 만났던 너구리는 소원대로 머리를 하늘색으로 물들인 상태였다. 그 순간 너구리가 정말 반가웠는데, 반가운 게 너구리였는지 하늘색으로 물들인 머리카락이었는지, 아니면 둘 다였는지는 잘 모르겠다.

"우와! 머리!!"

'진짜로 그 대단한 걸 해냈네?'라는 말을 차마 꺼내지 못하는 나의 마음을 너구리는 알았을까. "이제 고등학생 되면 공부해야 하잖아." 그는 짧게 대답한 뒤 쿨하게 웃었다.

〈어머님께〉를 들으면 다들 떠올리는, 뮤직비디오 이야기를 해볼까 한다. 한때 가수들의 뮤직비디오가 곡의 재생 시간에 비해 터무니없이 길어지던 시기가 있었다. 드라마타이즈(극화)dramatize를 차용한 뮤직비디오가 유행하면서부터다. 발라드 가수며 아이돌이며 할 거 없이 다들 뭔가 서사를 갖는 뮤직비디오를 찍기 시작했고, 스케일도 점점 커졌다. 그에 따라 해외 로케이션을 따거나, 유명한 배우가 출연하는 것도 중요한 홍보 포인트가 되곤 했다. 그런 가운데!〈어머님께〉의 뮤직비디오는 그때 당시 떠오르는 청춘 스타였던 '장혁(사랑해요 TJ)'이 교복을 입고 등장해 단숨에 대중들의 시선을 사로잡았다. 화제성 또한 굉장했던 것으로 기억한다.

잔물결조차 없는 수면 위 조각배, 공허한 표정으로 누워 있는 장혁 오빠의 모습에서부터 뮤직비디오는 시작한다. 그리고 오빠 손에 들려 있는 사연 있어 보이는 하모니카!

어려서부터 우리 집은 가난했었고
남들 다 하는 외식 몇 번 한 적이 없었고
일터에 나가신 어머니 집에 없으면
언제나 혼자서 끓여 먹었던 라면

랩으로부터 시작되는 이 가사는 마치 대기업에서 제작 및 배급을 도맡은 한국영화 같다 해야 하나. '오는 추석에 가족 단위로 보러 오세요~' 하고 외치는 듯한 느낌적인 느낌이랄까. 어린 아들을 데리고 혼자 어렵게 살아가는 '어머니'와 그 아들의 고된 이야기. 온 힘을 다해 살아낸 그 어머니와 아들은 그 결실로 각자의 이름 한 글자씩을 딴 식당을 개업하고. 그날 밤, 어머니가 깊은 잠에 빠지신 후에…

깨지 않으셨어. 다시는.

아니, 세상에 이 무슨 신파인지. 마! 요즘 세상에 누가 이런 신파를, 어?! 정신 똑바로 차려, 이 각박한 세상에서!라고……! 눈물을 뚝뚝 떨어트리면서 말할 것만 같다. 아, 뭐 또 그 빤한 한국영화! 엄마가 엄마 친구들이랑 단체로 보고 왔는데 너허~무 슬펐다거나, 너허~무 재미있었다는 후기를 들고 오는 영화들. 그들은 대체로 내 취향이 아니란 말이다! 그러나 정말 분하게도 그 장면들을 떠올리기 위해 〈어머님께〉 뮤직비디오를 보다가 눈에 눈물이 고였다. 아니 대체 왜 이러는 거요? 정작 이 노래가 발매되었던 그 어린 날에는 이 뮤직비디오를 보면서 눈물이 나는 일 따위는 없었단 말이오, 의사 양반. 이런 게 바로 나이가 든다는 증거인가. 그래서 그 시대 아버지들이 〈어머님께〉를 들으며 그렇게 눈물을 흘리셨나 보다.

이 곡은 계속 반복되는 코러스 파트의 가사와 D브릿지를 제외하고는 다른 구간들이 전부 랩으로 이루어져 있다. 그 JYP 특유의 '말하는 것 같은' 랩! 특히나 이 노래의 경우 뭔가 랩으로써의 기교나 스킬 같은 것이 전혀 없고, 오로지 스토리와 정보 전달에 집중하고 있다. 근데 이게 또 그 신파

코드에 기가 막히게 어울리는 것이 참으로 아이러니다. 랩!
하면 기본적으로 떠오르는 라임도 담백하기 그지없다.

> 그러자 어머님이 마지못해 *꺼내신*
>
> 숨겨두신 비상금으로 *시켜주신*
>
> 짜장면 하나에 너무나 행복했었어
>
> 하지만 어머님은 왠지 *드시질 않았어*
>
> 어머님은 짜장면이 *싫다고 하셨어*
>
> 어머님은 짜장면이 *싫다고 하셨어*

이런 식! 각종 단어와 외국어를 혼합해 억지로 맞추는 화
려한 라임이 아닌, 투박하기 그지없는 한글의 정직함! 비트
와 밀당은커녕 오로지 정박길만 걷는 호흡! 그런데 이런 지
점이 바로 지오디가 국민 아이돌이 될 수 있었던 비결이 아
닐까. 당시만 해도 랩이라는 것이 대중에게는 무척 생소했
고, 힙합의 경우 어른들은 '당최 무슨 소린지 알아들을 수
없는' 장르 정도에 불과했다. 무슨 소리인지 바로 전달이 되
지 않으니 아무리 좋은 내용이 담겨 있어도 특정 연령대 이

상에게는 호소력 있게 들릴 수가 없었으리라. 그런데 이렇게! 남녀노소 누가 든더라도 무슨 말을 하고 있는지가 친절하게 들리는 랩을, 지오디가 해낸 것이다. 심지어 중장년층에게 두루 사랑받을 수 있는 내용이라니. 공감대 교집합을 크게 넓힐 수 있는 가족 이야기라니, 이렇게 영리할 수가. 일부 개인의 경험에 따라 공감의 정도는 다를 수 있겠으나, 대체로 '어머니'라는 존재가 주는 가슴 뭉클한 그 느낌은 비슷비슷하지 않나. 그러니까 유치원 때, 초등학교 때부터 수련회에 가면 그렇게 밤에 촛불 하나씩 쥐여주고 집에 계신 엄마를 생각해 보라고 하지. 지오디의 데뷔곡에서 드러난 이런 모습들이 기획 단계에서부터 철저하게 계산했기에 나온 결과물인지는 알 수 없다. 그러나 동시대에 이미 활동하고 있던 그 어떤 팀과도 비교할 수 없던 지오디만의 방향성은, 당시 그들을 한참 동안이나 국민 아이돌로서 사랑받게 만들어 주었다.

난 당신을 사랑했어요 한 번도 말을 못 했지만

사랑해요 이젠 편히 쉬어요

내가 없는 세상에서 영원토록

야이야이야아아
그렇게 살아가고 그렇게 후회하고 눈물도 흘리고
야이야이야아아
그렇게 살아가고 너무나 아프고 하지만 다시 웃고

아주 그냥 끝까지 신파를 때려 박는 이 곡의 엔딩 부분을
보자. 그냥 글자로 읽었을 뿐인데 메인보컬의 목소리가 쩌
렁쩌렁 들려오는 듯한 기분은, 나만 느낀 게 아니겠지. 개인
적인 감상을 이야기하자면 이 노래를 명곡으로 만드는 데
방점을 찍은 것이 바로 저 마지막 줄이 아닐까 한다. 살다가
후회하고 눈물도 흘리다가 어느 순간엔 다시 웃고 있는 우
리의 모습을, 자연스레 떠올리게 되므로.

너 한번 부딪혀 봐 이제 세상을 가져 봐

백전무패
클릭비Click B

당시의 K-POP 아이돌 시장이 얼핏 우리가 기억하는 모습보다 더 다양한 장면을 가지고 있었음을 증명할 팀을 이야기하려 한다. 바로 클릭비다. '아이돌 범람 속 다양성의 포문을 열어주었다'는 표현이 그들에게 적격이지 않을까. 무려 7인조, 당시의 말로 표현하자면 '꽃미남'으로 구성된 보이밴드였다.

당시 우스갯소리로 그랬다. 대성기획(현 DSP)의 신인 팀은 SM에서 데뷔하는 팀보다 무조건 한 명을 더 붙여서 데뷔

한다고. 먼저 데뷔한 H.O.T.보다 젝스키스가 한 명이 많았고, S.E.S.보다 핑클이 한 명이 많았기 때문이다. 여기에 또 여섯 명이었던 신화보다 한 명이 더 많은 클릭비가 데뷔를 하며 SM+1설은 기정 사실화되었다. '에이, 설마' 하면서도 꽤나 신빙성 있어 보이는 소문이었다. 먼 훗날에는 대성기획 소속 아티스트들도 진짜였다고 인정하기까지 했다.

아이돌이라 하면 기본적으로 또래의 소년 소녀 떼샷에, 댄스음악을 떠올리던 당시의 가요 프로그램 속에서 클릭비는 단연 새로운 그림이었다. 신화의 카운터 팀으로 데뷔한다고 하니 자연스레 '신화보다 한 명이 많은 댄스그룹'일 것이라고 생각했던 대중들에게 그들은 악기를 메고 등장하며 허를 찔렀다. 댄스음악이 주류였던 아이돌 시장에서 소속사의 선배 팀인 젝스키스와는 다른 정체성을 가지면서 '실력파' 이미지를 어필하기 위한 기획이 아니었을까 싶다.

지금도 그렇지만 그때는 유독 더 그랬다. 아이돌이라면 일단 실력부터 색안경 끼고 보는 경우가 많았다. 신화 입덕 이후 아이돌 판을 떠나지 못하는 1인으로서 이런 지점들이 참 아쉽다. 아이돌 팀 하나가 데뷔하기까지 그들이 해온 피

나는 노력이 '아이돌'이라는 단어에 박힌 선입견에 갇혀버리는 게. 아이돌은 사람이 가질 수 있는 무수한 직업 중 하나일 뿐이다. 어느 업계에서든 성공을 거머쥐기 위해서는 무수한 노력을 들여야 한다. 아이돌을 꿈꾸는 아이들의 노력 역시, 수많은 직업 중 하나를 선택해 성공에 이르기까지 필요한 그것과 별반 다르지 않을 텐데 말이다. 게다가 갓 데뷔하는 팀들은 보통의 사회 초년생들보다 훨씬 어린데… 조금 더 너그러운 마음으로 그들을 봐주었으면.

수많은 아이돌이 굵직한 자리 하나씩을 차지한 후에 데뷔한 후발대여서였을까. 고등학생이 된 후 이미 대다수의 급우가 각자의 최애를 품은 가운데 당시 우리 반에 내가 발견한 클릭비 팬은 곰돌이(호석 사랑, 애니 좋아함) 하나뿐이었다. 곰돌이가 클릭비를 좋아한다는 건 곰돌이의 다이어리를 구경하다가 자연스레 알게 됐다. 어쩌다 다이어리를 구경하게 되었냐고? 둘 사이에 흐르는 '어색함' 때문에. 2주에 한 번씩 자리를 바꾸다 보니 돌고 돌아 곰돌이와 짝이 되었는데, 둘 다 낯을 가리는 성격이라 나란히 앉아 있는 그 상황이 영 머쓱했다. 어색한 와중에 책상에 올려져 있던 곰돌이의 다이어리가 눈에 들어왔다.

"……봐도 돼?"

지인짜 용기를 내서 먼저 물어봤다. 사실 다이어리가 궁금했던 것은 아니었는데? 당시 여학생들에게 다이어리란 매우 상징적인 물건이었다. 예를 들면 친한 친구들끼리 모여서 같이 다이어리에 붙일 스티커나 새로운 색의 펜을 사러 가는! 예쁜 속지를 구매했을 경우 친한 친구들끼리 나눠 갖거나! 내 마음에 쏙 드는 속지가 한 장뿐인데 이걸 나눠준다?! 이건 뭐, 거의 청혼이지. 그런 의미에서 처음 누군가의 다이어리를 구경한다는 것은 청정한 그녀의 세계에 선뜻 노크를 하는, 그런 신성한 행위랄까. 아무튼 가벼운 듯하면서도 꽤 의미 있는 일이라는 것이다! 곰돌이는 그러겠노라고 대답했고 나는 더 무안해지기 전에 얼른 내 다이어리를 꺼내 곰돌이에게 내밀었다. 생각해 보니 약간 그거 같다. 처음 만난 강아지들이 나누는 코 인사. 아, 안녕하십니까. 댁의 냄새를 좀 맡아도 될까요? 아, 예. 초면이니 대뜸 엉덩이를 들이대기보다는 코부터 시작하는 게 좋겠죠? 아이고, 그럼요. 자, 그럼 코 갑니다아. 이런 분위기. 아무튼 나는 그렇게 조심스레 곰돌이의 다이어리를 펼쳤다.

"오~ 너 클릭비 좋아해?"

"아… 이상해?"

곰돌이는 멋쩍은 표정으로 나에게 물었다. 그 표정이 마치, 아이돌 판에 처음 애정을 붙이며 뒤늦은 사회화를 시작하던 중학교 때의 내 모습 같아서 나는 곰돌이에게 급 관심이 갔다. 곰돌이는 대체로 많은 친구와 어울리기보다는 자기 자리에서 혼자 만화책을 보거나 연습장에 만화책의 등장인물을 그리며 혼자 시간을 보내는 아이였는데, 이런 애가 아이돌을 좋아한다니 조금 신기했다.

"아니! 뭐가 이상해! 나 클릭비 테이프도 샀는데?"

"진짜? 너 신화 팬 아니었어?"

새천년 코리안 보이후드

곰돌이가 내 다이어리 가득 꽂혀 있는 신화 사진과 나를 번갈아 보며 되물었다. 뻥이 아니라는 걸 증명하기 위해 나는 다음 날 클릭비 테이프를 들고 학교에 갔다. 레코드점에 처음으로 방문한 이후로 나는 당시 용돈이 허락되는 한 당시 가요 프로그램에서 인기 좀 있다 하는 아이돌들의 앨범은 웬만해선 싹 다 구매했다. 중학교 입학 선물로 아빠가 사 주셨던, 썩 달갑지 않았던 오디오 세트는 그 무렵 나에게 보물 1호가 되어 있었다.

그에 따른 내 투자 역시 쉴 줄을 몰랐다. 우리 가족은 어쩐지 시골 할아버지 댁에 가면 꼭 큰절로 인사를 했는데, 때마다 할아버지께서는 1만 원짜리 지폐 한 장을 손에 쥐어주시곤 했었다. 그 절값을 유치원 때부터 꼬박꼬박 (이제는 없어진 추억의) 한미은행 계좌에 저축했었는데, 이때쯤부터는 슬슬 그 루틴이 틀어지고 있었다. 가요 시장 및 아이돌 시장의 성장에 따라 사고 싶은 앨범은 계속 늘었지만, 그에 비해 용돈은 늘 제자리였기 때문이다. 지출 계획은 늘 틀어지게 마련이었고 자연스레 할아버지께서 주신 용돈에까지 손을 댈 수밖에 없었다. 그 달에는 이미 이달의 앨범을 산 상태였고, 클릭비는 살까 말까 고민하고 있었는데… 역시 살까 말까 할 땐 사는 게 맞았다. 그 테이프를 들고 등교하는 모습을 통해 곰돌이에게 내가 클릭비의 음악도 즐겨 듣는다는 것을 확인시켜 줄 수 있었으니까. 서로의 취향을 트고 난 후 나와 곰돌이는 빠른 속도로 가까워졌고, 우리는 서로 꽤 합이 잘 맞는 친구가 되었다. 어색함을 넘어 친구가 되고 나니 시간이 빠르게 흘렀다. 2주가 지나 짝이 바뀌던 날, 곰돌이는 나에게 직접 그린 앤디오빠 그림을 선물로 주었다. 내가 제일 좋아했던 사진((으쌰! 으쌰!) 활동 시기의 프로필 사진. 노란 바탕에 오빠 머리에 색색의 디스코 핀이 여러 개 꽂혀 있었음.)을 보고 그린 그 그림은 내 다이어리에 줄곧 끼워져 있었다. 〈백전무패〉는 내가 친하게 지낸, 유일한 클릭비 팬인 곰돌이가 제일 좋아하는 곡이었다.

내가 하는 것마다 백전백패
다른 사람이 하는 것은 백전무패
아무것도 볼 수 없는 나의 미래 때문에
내 자신조차도 싫어지네

Got a get it get it

더 이상 너 그렇게 의미 없이 살지 마

Got a hit it hit it

세상을 다 모두 다 너의 손아귀에 이제 쥐어봐

그때는 아무것도 모른 채 그저 신나게 따라 부르기나 했는데 샤우트 창법이 시원시원하게 꽂히던 이유가 있었다. 아, 이게 가사 덕분이었네. **백**전백**패**, **백**전무**패**! 식으로 자음이 구성되어 있으니까 소리들이 팍! 팍! 치면서 튕겨 나올 수밖에 없었구나. 때때로 이런 걸 발견하면 희열을 느낀다. 노래에 가사를 붙이는 것은 얼핏 글을 쓰는 직업 같지만, 깊이 파고들수록 음악에 더 가깝다는 게 나의 생각이다. 이런 나의 마음을 뒷받침해 주는, 무척 좋은 예시가 이 가사다. 만약 저 '백전무패' 자리에 '비누방울' 같은 소리가 들어갔다면 저 정도의 파워가 나왔겠냐는 거다. 하다못해 '돼지불백' 정도는 들어가 줘야 성대에 약간 시동이라도 걸어보지. '백'에서 ㄱ을 받침으로 쓰면서 혀로 목구멍을 한 번 막았다가 힘을 빼며 '전'을 흘리고, '백'을 다시 한번 걸어서 소리를 당겨 응축한 뒤 '패'에서 발사! 와… 정말 발음 구성을 기막히게 하셨다. 보통 이런 건 머리로 계산해서 나오기보다는 본능적으로 나오는 경우가 많은데, 이런 식으로 작업을 하고 나면 그냥 맹~ 하게 썼을 때보다 채택 확률이 높다. 문제는 (당연하지만) 이런 '접신' 같은 체험이 매번 있는 일이 아니라는 거. 어쩌다 한 번 이런 경험을 하고 나면 되게 기분이 좋다. 중독성 있다고 느껴질 정도로.

난 아직 끝난 것이 아니야
매일 쓰러져도 난 다시 일어나
난 세상의 끝에서 이제 저 하늘 끝까지
나는 날아갈 수 있어

너 겁먹지 말고 일어나
세상 앞에서 너 두려워 울지 마
너 모든 걸 다 걸고 싸워
한 번 부딪쳐봐 이제 세상을 가져봐

여기는 곡 전체에서 내가 좋아했던 가사! 어쩐지 듣고 있으면 강제로 벌떡 힘이 난다고나 할까! 딱히 지금 무언가와 싸워야 하는 상황도 아니고, 무척 평화로운 밤 시간대인데 〈백전무패〉를 듣고 있다 보니 갑자기 전투력 같은 것이 막 솟아난다. 당시의 꽃미남 오빠들이 저마다 수준급으로 악기를 연주하며 귓구멍에 꽂아주던 샤우트 창법은 조금도 낡지 않은 파급력을 지닌 채 나를 기다리고 있었다.

클릭비가 발표한 많은 곡 중에 또 언급하지 않을 수 없는 곡이 있다. 바로 〈보랏빛 향기〉다. 2000년대 초반의 바이브가 물씬 느껴지는! 사랑스러운데 싸가지는 좀 없어 보이는 로맨틱 코미디 영화에 삽입되었던 바로 그 곡! 흘러간 옛 노래를 클릭비가 밴드 버전으로 편곡해서 발표했는데, 이 곡은 꽤 오랫동안 순위권 안에 머물렀다. 초반에는 원곡 가수의 청순한 무드를 그대로 남자 목소리로 재현하듯 여리여리하게 시작하다가, 우리가 익히 알고 있는 그 멜로디에 은은하게 젖어들 때쯤 갑자기 반전처럼 신나는 밴드 사운드가 부리나케 몰아친다. 그런데 익숙한 노래이니 갑자기 비트가 바뀌어도 당황하지는 않지. 자연스럽게 그 신남에 몸을 맡

길 수가 있는 것이다! 원곡에서는 방금 가창한 부분을 그대로 반복하는 정도였던 애드리브가, 밴드 버전으로 편곡되면서 클릭비에게 너무나 잘 어울리는 샤우트 추임새로 바뀐다. 그리고 대망의 코러스 파트에서는 한 번씩 프레이즈가 끊길 때마다 "호우!" 같은 소리로 분위기를 고조시키며 흥을 돋우는데, 이 흥에 휩쓸리지 않고 버틸 수 있는 사람이 몇이나 될까. 당장 코인 노래방으로 달려가지 않고는 못 배길걸. 아이돌들이 옛날 노래를 리메이크해 활동할 경우 대체로 성적이 꽤 잘 나오는 편이다. 이미 그 노래를 알고 있는 윗세대까지를 아우를 수 있는 데다가 이미 명곡 검증이 끝났으니 당연히 평균 타율 이상을 칠 수밖에. 클릭비의 〈보랏빛 향기〉는 그렇게 리메이크된 노래 중에서도 손에 꼽히는 성공 사례다. 이 곡이 청순함을 전면에 내세운 곡이었다는 것을 머리로는 알고 있으면서도, 노래의 도입부를 따라 부르다 어느 순간 클릭비 버전의 록 사운드를 떠올리는 것을 보면 말이다.

CHAPTER 3

넘쳐나는 이별 인구의 스트리밍

처음이라 그래 며칠 뒤엔 괜찮아져

... **벌써 일 년** ♥
브라운아이즈

◄◄ ▶ ►►

'얼굴 없는 가수'가 유행하던 시기였다. 대체로 '가수'라 함은 앨범을 내고 목소리를 통해서 자신을 알리고 그렇게 대중과 만나서 인기를 얻고, 그것으로 수익을 창출하는 것이 기본적인 루트 아닌가. 그런 가요계에 무려 얼굴을 알리지 않고 오직 '목소리'만으로 승부를 보겠다는 사람들이 나타나기 시작한 것이다. 목소리 하나로 정면 승부하겠다는 사람들답게, 당시 얼굴 없는 가수들은 요즘 말로 '찢었다'는 소리가 절로 나올 만큼 노래를 잘했다. 단지 잘하는 것 정도

넘쳐나는 이별 인구의 스트리밍

에서 끝나지 않고, 목소리마다 각자의 개성을 담뿍 머금고 있었다. 그냥 노래를 부르는 목소리 하나만으로도 얼굴보다 더 얼굴 같고, 지문보다 더 지문 같았던 그 보컬리스트들은 데뷔 앨범으로 일정의 성공을 거두고 나면, 충분히 쌓은 인지도를 바탕으로 조심스레 얼굴을 공개하기도 했다. 물론 그즈음에는 그들이 어떻게 생겼는지가 그리 중요한 문제가 아니었다. 그 본체가 실은 외계인이면 어떻겠는가. 이미 그들의 노래는 누군가 이별만 했다 하면 '마치 내 얘기 같다'며 수없이 끌어올림 당하는 존재였는데. 다들 한 번쯤 이별 감정에 취해 노래방에서 왕왕 울며 불러본 명곡이 있을 것이며, 그 노래들은 대체로 그들의 노래였다. 재미있는 점은 그 시절을 지나온 지금의 30대들에게, 여전히 '이별'하면 생각나는 노래는 그때의 노래들이라는 것이다. 이별과 관련한 노래들은 꾸준히 해를 거듭하며 발매되어 왔는데도, 그때의 감성은 대체 불가한 느낌의 무언가가 있었다!

보통 대중가요 한 곡이 3분 내외로 길이를 조절하는 데 비해 이때의 발라드 곡들은 5분도 가고 그랬다. 곡의 알맹

이, 즉 주축을 이루는 파트의 길이에는 크게 변함이 없으나 앞뒤로 채워지는 반주, 간주 같은 것들이 길었다. 그것도 그냥 길었냐? 절대로 Nope! 그 긴 분량을 지루하다고 느끼지 않게 만들기 위해 완전 고오급스러운 클래식 한 곡에 맞먹을 법한 풍성한 사운드를 박박 때려 박았다. 음식도 아닌데 눈을 지그시 감고 음표 하나하나를 음미하듯 들어야 할 것 같은 느낌적인 느낌. 그리고 이게 활동 곡으로 선정되어 뮤직비디오가 제작된다고 하면, 때때로 더 긴 분량으로 늘어나기도 했다. 그리고 이 길이 감을 채워내기 위해 등장하던 것이 바로 드(쾅!) 라(쾅!) 마(쾅!)였다.

방송국에서 막내 작가로 일을 시작했을 때, 처음으로 만났던 감독님께서 이런 말씀을 하셨다.

"한국 사람들은 '이야기'를 좋아해. 무조건 좋아해!"

그분은 일요일 아침의 오랜 친구 '서프라이즈'를 처음으로 기획 제작하셨던 M본부의 전설적인 존재! 한국 사람들은 어쩌면 정이 많아서? 어쩌면 영토 자체가 작아서? 이웃

넘쳐나는 이별 인구의 스트리밍

과 그만큼 가까이 지낼 수밖에 없는 환경이라고. 그리하여 내가 아닌 다른 사람의 Story에 관심도 많고 그걸 전해 듣는 것을 좋아한다고. 마찬가지로 드라마도 이야기 구조만 잘 잡혀 있으면 잘될 수밖에 없다는 것이었다. 그래서였을까. 찌인한 사랑과 이별의 서사를, 한 편의 드라마나 영화처럼 다뤄낸 발라드곡의 뮤직비디오는 등장하자마자 센세이션을 불러일으켰다. 나중에는 심지어 경쟁이 붙어 어떤 가수의 타이틀곡은 이번에 어디 가서 찍어왔다더라! 제작비 얼마를 갱신했다더라! 하는 내용이 중요한 마케팅 포인트로 작용했다. 요즘 발매되는 노래들 중에도 활동곡 뮤직비디오는 화려한 비주얼과 퍼포먼스, 게다가 현대의 기술력까지 더해 꽤 많은 비용이 들어가곤 하지만 그때는 진짜 '몸빵'이었다. 거대한 스케일의 뮤직비디오들이 오롯이 단막극 한편 찍는 느낌과 규모로, 여지없이 촬영되었으니까. 캐스팅도 굉장했다. 당시의 청춘스타들이 주인공으로 등장하곤 했는데, 그래서인지 때깔로만 쓱 보면 웬만한 멜로영화 뺨치는 수준이었다. 브라운아이즈의 〈벌써 일 년〉도 마찬가지였다. 권투 선수인 남자 주인공의 사랑과 이별, 재회 등을 다룬 내용이었는데, 대부분의 서사형 뮤직비디오가 그렇듯 클리셰 범벅이었다. 하지만 이 모든 요소가 감미로운 노래와 어우러지니 집중해서 보게 됐다. 클리셰 범벅이라고 언급했지만, 사실 당연히 그래야 한다고 생각한다. 기승전결이 갖춰진 깊이 있는 서사를 짜기에 뮤직비디오라는 매체는 너무나 짧고, 그 안에서 최대한의 호소력을 가지려면 클리셰만큼 좋은 것이 없다. 개인적으로 클리셰, 클래식, 베스트. 이 세 단어는 늘 공존한다고 생각하는 입장이라 더 그렇다.

노래가 발매된 해는 2001년이었다. 그러니까 내가 고등학교 2학년이던 시절, 초여름과 늦봄 사이였는데, 이때 좀 이별 서사에 돌아 있는 상태였다. 날카롭고도 짜릿했던 첫사랑의 마침표를 이 무렵에 찍었기 때문… 같은 것은 아니었고, 이 또한 지독한 사춘기 감정 중 하나였을 거다.

'사춘기'라는 시기가 따로 있을까. 급식 먹던 시절, 시험 시간에 주관식 문제 정답으로 등장했던 사춘기. 시험 문제로 출제될 만큼 교과서에는 사춘기에 관한 서술이 이런저런 방식으로 적혀 있었다. 시기는 어떻고, 겉으로 보여지는 행동 양상은 어떻고 등등. 요즘 부모들이 공감하는 글들을 살

넘쳐나는 이별 인구의 스트리밍

펴보면 대체로 반항적이고 부정적인 리액션에 초점을 맞추는 것 같다. 이 같은 방향의 해석들이 좀 수정되었으면 하는 바람이 있다. 누군가의 시선에 나는 사춘기를 무난하게 지나가고 있는 것처럼 보였겠지만 사실 나의 세계, 나의 우주는 하루가 멀다 하며 부서지고 있었다. 단단하지 못했던 가정사가 큰 역할을 했다. 사춘기랍시고 성깔 부릴 기회가 애초에 나에게는 주어지지 않았다. 물론 내가 하고자 하면 못할 것도 없었겠지만 애초에 거기까지 질러대지 못하는 것 또한 K-장녀들의 지독한 클리셰가 아닐까. 그렇게 부서진 우주 안에서 유영하는 사이 나는 그 불안과 슬픔을 비빌 언덕이 필요했다. 꾹 잠가둔 울음을 터뜨릴 준비는 언제든 되어 있었다. 이별 노래들은 그 도화선에 쉽게 불을 붙여주었고……. 여기까지, 내가 그 시절 이별 서사에 돌아버릴 수밖에 없었던 TMI. 아이돌 오빠들 앨범을 꼬옥 쥐고 두근거리던 시간과는 별개로 그 마음과 조금 떨어진 어느 한구석에서는 슬픔이 가득한 노래들이 은은하게 재생되고 있었다.

〈벌써 일 년〉은 수많은 사람의 단골 플레이리스트에 올라와 있는 곡이다. 요즘 말로 치면, 그때 당시 많은 이의 '눈물 버튼'이었다. 브라운아이즈라는 팀의 음원이 처음 나왔을 때, 곡도 곡이지만 그들의 보컬이 가지고 있는 특유의 색이라든가 온도 같은 것은 그동안에 보지 못했던 '소울'을 담고 있었다. 대중음악 처돌이▶였던 나 역시 이토록 멋진 맛집을 그냥 지나칠 수 없었다. 그 뭐랄까, 약간은 속삭이는 것처럼 힘을 다 빼고 되뇌듯 가창을 하는데… 힘이 없지는 않아! 이별 노래인데 감미로워! 근데 이제 계속 듣다 보면, 어느새 심장이 반응하고… "아이 빌 리빈유" 나오기 시작하면 이미 오열해 있는, 그런 상태! 이 노래 안 좋아하는 법 알 수 없는 그런 상태! 듣다가 좀 심하게 과몰입한 날은 저절로 눈물이 차올라서 고개를 들어야 하는 그런 느낌! 한 곡을 다 듣고 나면 "하, 언제 들어도 좋다!" 하면서 눈물 쓱 콧물 쓱 하게 되는 곡이었다. 그런 가운데 내가 간과한 부분이 있었으니, 누군가의 눈에는 그런 내 모습이 '음악 듣다 말고'가 생략된, '눈물 터진 애'일 뿐이었다는 것이다.

▶ 치킨집 브랜드 '처갓집'의 마스코트 이름을 차용. 앞에 붙은 명사에 처돌 정도로 팬이라는 의미로 변주되어 쓰임.

같이 신화를 파던 야옹이 무리와는 고등학교에 올라가면서 뿔뿔이 흩어졌다. 중학교 다니는 내내 나를 품어 주었던 친구들과 떨어진다는 것은 나에게 무척 긴장될 수밖에 없는 상황이었다. 고등학교 가서 새 친구 못 사귀면 어떻게 하지? 나 또 왕따되면 어떻게 하지? 걱정한 것에 비해 고등학교 착륙은 수월했다. 좋아하는 '아이돌'과 '최애'가 있는 평범한 고등학생은, 또래 집단에 섞이는 것이 자연스러웠기 때문이다. 야옹이 무리와는 휴대폰 문자로 서로 안부를 전했다. 그리고 어느 주말, 야옹이네랑 오랜만에 안양일번가에서 모여서 놀다가 집에 가는 길이었다.

"윤경아, 너 이거 없지?"

삼색냥이(동완 오빠 좋아함)가 갑자기 오빠들 단체 사진을 내밀었다.

"우와, 이거 되게 옛날 거잖아!"
"이거 너 해."

갑자기? 준다고?! 그 사진으로 말할 거 같으면 중학생 시절 학교 앞 문구점에 들어왔던 것 중에 마지막으로 딱 한 장 남아 있던 사진이었다. 당시 무리의 다른 친구들은 이미 그 사진을 가지고 있는 애들이 있었기에 그 사진을 못 가진 건 나와 삼색이뿐이었다. 그럼 이걸 누가 가져야 하는가! 방법이야 여러 가지가 있었겠지만 그때의 나는 그 사진을 삼색이에게 양보했었다. 이건 내가 착해서가 절대 아니고! 그 사진이 동완 오빠가 정말 예쁘게 나왔었기 때문이다. 단체 사진이 하나뿐일 때, 또는 잡지 분철 중인데 앞, 뒷면이 전부 신화라 나누기 애매해졌을 때는 무조건 최애가 잘 나온 사람에게 양보하기. 이는 우리 사이의 국룰이었다.

"진짜!? 내가 가져도 돼?!"

이미 뽑고 있으면서 묻지 말아줄래. 그 사진은 꽤나 오랫동안 삼색이의 다이어리 표지를 들추자마자 보이는 맨 앞장을 장식하고 있었다. 그런데 갑자기! 그 사진을 나에게 준다는 것이었다.

"진짜? 이거 왜?"

'나 주는 거야?'가 생략된 질문에 삼색이는 머쓱한 표정으로 말했다.

"아, 저기… 그냥… 힘내!"

뭐지? 나 오늘 힘없어 보였나? 머릿속으로 빠르게 오늘 하루를 되감았다. 버스가 빨리 오는 바람에 모임 장소인 안양일번가 입구에 조금 일찍 도착했고, 안경점 앞에서 음악을 들으며 기다리다가 '도를 아십니까' 사람을 만나서 곤란해하던 차에 삼색이가 도착해서 자연스레 그 상황을 벗어났고, 같이 안양일번가 돈까스집 가고, 노래방 가고, 카페 갔는데? 심지어 누구보다 신나게 노래 불렀던 것 같은데?

삼색이는 끝까지 "그냥 힘내!"라는 말과 함께 사진 한 장만을 남기고는 자기 집을 향해 떠났다. 잘 가라며 손을 흔드는 삼색이를 보며 나도 같이 손을 흔들었다. 자, 그럼 여기부터는 나중에 알게 된 삼색이 시점의 이야기를 덧붙여

보겠다.

　반대 방향에서 버스를 타고 약속 장소로 오던 삼색이는 버스에서 내리기 조금 전 신호에 걸리는 바람에 코앞에 목적지를 둔 채 내리지 않은 상태로 잠시 버스에 머물게 된다. 누구 먼저 도착한 사람 있나? 창을 통해 건너편을 쳐다보니 조윤경이 먼저 와서 서 있는데… 쟤 울엉?! 눈물 왜?! 무슨 일 있나? 버스에서 내려서도 바로 넘어오지 못하고 머뭇거리고 있는데 '도를 아십니까' 사람이 접근! 저건 또 뭐람? 일단 등판! 근데, 평소와 다름없이 같이 놀고 있지만 어쩐지 조윤경이 신경 쓰인다. 무슨 일 있는데 괜찮은 척하며 저렇게 같이 놀고 있는 건가? 무슨 일 있냐고 물어보면 오버인가? 끝내 선뜻 물어보지 못한 채로 마음을 쓰다가 헤어질 시간이 다가왔고, 결국은 그 사진을 떠올리기에 이르렀던 것.

　물론 이 에피소드의 전말은 시간이 조금 더 지난 뒤에 알게 됐다. 나는 그때 삼색이의 오해에 대해 해명하고 사진을 돌려주려 했으나, 삼색이는 됐다며 손사래를 쳤다. 이후 그때의 사진은 나에겐 마음이 힘들 때 꺼내보면 피식 웃게 되는 사진이 됐고, 삼색이에게 〈벌써 일 년〉은 어디선가 흘러

나오면 자연스럽게 내가 생각나는 노래가 되었다고 했다.

이별 노래의 가사란 무척 재미있는 게, 가사를 곱씹으며 듣고 있다 보면 어쩐지 전부 다 내 이별 같은 기분이 든다. 내가 특별히 공감 능력이 대박적으로 좋은 캐릭터가 아닌데 도 그 부분에 대해 감정의 교집합을 느끼는 걸 보면 이별과 상실의 감정이 대체로 보편적이어서 그런 게 아닐까 싶다. 영원히 헤어지지 않을 수 있는 연인이 있다면 그보다 행복 한 것이 없겠으나… 젊은 나이에 설레어 사랑에 빠지고 결 혼에 골인하지 않는 이상 사랑의 끝은 대부분 '이별'이니 말 이다. 물론 결혼이 사랑의 끝도 아니고, 이별 후에 생기는 감정들은 수많은 경우의 수를 가지고 있겠지만. 막장 수준 이 아닌, 그저 그런 이별을 했다는 전제하에 그렇다는 말이 다. 그리하여 웬만큼 아파하고 때때로 그리워하며 느리게 흐르는 듯한 시간의 경험은 누구에게나 공평한 일일 테니.

처음이라 그래 며칠 뒤엔 괜찮아져
그 생각만으로 벌써 일 년이

때때로 도입부의 가사부터 '아, 찢었다!' 하는 느낌을 주는 곡들이 있는데, 이 곡도 그랬다. 내가 가사를 쓸 때 좀 어려워하는 유형이 이렇게 '말하듯이' 쓰는 방식이다. 일상의 언어는 가사에 담아내기에 어쩐지 좀 핵심이 없고 지나가는 말처럼 느껴질 때가 많아서. 그리고 대체로 영어로 이루어져 있는 데모 가사에, 구어체가 쉬이 붙지 않을 때가 많아서. 적어도 일상의 언어가 무려 '도입부'의 가사로 들어오려면 '처음이라 그래 며칠 뒤엔 괜찮아져' 정도의, 특별하지 않은 특별함이 있어야 했다. 들으면 누구라도 '아!' 하고 공감이 가는데 내용이 너무 튀지는 않는. 무슨 의미인지 너무나 선명한데 거창하지 않은. 그리고 또 중요한 공감대.

너와 만든 기념일마다 슬픔은 나를 찾아와
처음 사랑 고백하던 설렌 수줍음과
우리 처음 만난 날 지나가고
너의 생일엔 눈물의 케이크 촛불 켜고서 축하해

사귀다 보면 계속해서 수시로 업데이트되는 기념일들.

누군가에게는 달력 속 평범한 하루일 뿐이라도 너와 나에게
만큼은 처음 입맞춤한 날이 되고, 처음 같이 여행을 떠난 날
이 되지 않는가. 이처럼 너무나 보편적인 공감대. 전혀 새로
울 것 없는 말들이 주는, 이른바 '아는 맛'이 찰떡같이 분포
할 때의 발라드. 이런 노래는 아주 느리고, 조용조용 흐를지
라도 그 어떤 화려한 댄스음악보다도 강한 힘을 갖는다. 그
래서 〈벌써 일 년〉의 도입부는 내가 발라드 가사를 쓸 때 종
종 참고하는 곡 중 하나가 되었는데, 그게 엇비슷하게 적용
된 곡을 하나 살짝 공개하자면 바로 EXO 수호 님의 솔로곡
〈암막 커튼〉이었다. 물론 그 노래를 레퍼런스로 삼아야지!
했던 것은 아니고 정리를 다 해놓고 보니 '아, 그러고 보니!'
레퍼런스가 됐다. 평소에 굳이 의식하지는 않더라도, 어렸
을 때부터 들어온 노래들은 내 안에 좋은 자양분으로 차곡
차곡 쌓여 있는 모양이다.

한동안 많이 아파 울다 지쳐 그대를 찾겠죠

인형
이지훈(Duet. 신혜성)

신경 쓰지 말아요 나-안

잠시뿐일 테니까아아-

오 그래요 난 바보 같지만 우리 지난 기억들

간직하며 홀로 지키고 있으을게에에-

제목에 이어 냅다 다음 구절을 지른 이유는 제목을 쓰다
보니 다음 구절을 따라 부르지 않을 수가 없어서! 정말 수백
번 수천 번을 듣고 따라 불렀던 노래다. 요즘 친구들에게는

백현&도영 버전이 더 익숙할 이 노래는, 무려 2001년에 발매되었다. 정확하게는 이지훈 스페셜 앨범에 스페셜하게 수록된 곡으로, "Duet. 신혜성"이 붙어 있다는 이유만으로 신화 팬들에게는 때때로 "이게 어느 앨범에 수록됐더라?"라며 헷갈리게 만드는 곡이기도 하다. 신화 앨범들 중에 스페셜 트랙으로 들어갔던 것 같기도 하고. 작사·작곡이 모두 안칠현 이사님이라 그런지 '그룹 S' 노래였던 거 같기도 하고. 아닌가? 혜성 오빠 솔로 앨범이었나? 그렇게 돌고 돌아 '아, 맞다! 이지훈 앨범!' 하고 깨닫는 곡. 아무튼 나는 혜성 오빠가 같이 불렀다는 이유로 당연히 이 앨범도 구매했었는데, 듣고 따라 부를 때마다 안타까웠던 점이 하나 있었다.

"나 왜 입 하나밖에 없지……."

그도 그럴 것이 두 명의 보컬이 주고받는 화음이야말로 이 곡이 존재하는 이유와도 같은데, 하나의 입으로는 도저히 이를 구현해 낼 수가 없는 것이다. 게다가 각각의 화음이 정말 잘 들리는 곡이란 말이지. 그래서! 입과 성대가 하나씩

밖에 없다는 이유로 이 노래를 따라 부를 때마다 늘 50% 부족한 기분을 느껴야 했었다. 앞으로도 계속 이렇게 서운하게 이 노래를 부르게 되겠지? 같이 불러줄 사람 어디 없나. 늘 안타까워하던 나에게 찾아온 인생 친구가 한 명 있다! 바로 사슴(안칠현 이사님 매우 좋아함)이!

원래 쭉 살아온 행정구역에서 아예 다른 도시로 고등학교 진학을 하는 바람에 나의 등교 시간은 언제나 남들보다 좀 더 이를 수밖에 없었다. 원래 집 먼 애들이 일찍 오고 가까이 사는 애들이 지각하지 않던가. 보통 1등 아니면 늦어도 2등으로 등교하곤 했었는데, 사슴이는 그때 나와 함께 학교 입장 1, 2등을 다투던 친구였다. 해가 바뀌고 새로운 학년이 되었으나 봄이 오기에는 아직 먼 어느 날이었다. 이른 아침 창가에 가까이 앉으면 입김이 살짝 보일 정도로 텅비어 차가운 교실. 집이 먼 나는 등교를 서두른 탓에 일찍 도착했고, 우리 둘은 덩그러니 앉아 있었다. 사실 안면이 아예 없지는 않았다. 우리는 서로를 알고 있었다. 1학년 때 나와 같은 반이었던 쿼카(애니 오타쿠)의 친구로 서로를 인지하고는 있었으니까. 대화를 나눈 적도, 인사를 한 적도 없는 사이. 어색한 분위기 사이로 아침 햇살이 꽤 예쁘게 들어오고 있었다. 왠지 좋은 친구가 될 수도 있을 것 같은 근거 없는 기분이 파고드는 순간이었다. 둘 다 파워 외향인은 아니었던 탓에 누가 먼저 말을 걸 것인지 의식할 수밖에 없는 상황이었다. 각자 두근두근 긴장감을 간직한 채 눈치만 보고 있었다. 옆이거나 앞뒤로 앉았다면 자연스럽게 말을 걸 수 있었을 텐데 안타깝게도 사슴이는 1분단 앞자리, 나는 3분단 제일 뒷자리였다. 그러니까 이것은 정말 누구 하나라도 확실한 제스처를 보여야만 하는 상황. 인사를 할까, 말까? 고민하다 돌아보니 사슴이는 가방에서 책을 꺼내 읽고 있었다. 아, 지금 가서 말 걸면 방해하는 거 같기도 하고. 어쩌지? 고민하다가 결국 나도 가방에서 책을 꺼내 들었다. 이따금 고개를 들어 사슴이의 눈치를 살폈지만 놀랍도록 눈을 마주칠 수 없었다. 정규 수업 시간까지 30분 이상 남아 있는, 어색한 시간이었다. 그렇게 우리는 서로 말 한마디 트지 않고 시선도 닿지 않은 채 등교 첫날을 보냈다.

다음 날, 나는 '결심'을 하기에 이른다.

"안녕…"

사슴이 뒷자리로 가 스윽 앉으며 인사를 했다! 속으로는 긴장을 엄청 많이 해서 심장이 튀어나올 것처럼 두근거리고 있었다. 다행히 사슴이가

"안녕, 너도 일찍 오네?"

하고 어색하게 웃으며 돌아봤다. 그 뒤로는 특별할 것 없는 흔한 대화였다. 사슴이 동네는 우리 집과 아예 반대쪽으로 먼 거리에 있었다. 그러니까 우리 집과 사슴이네 집의 가운데에 학교가 있고, 우리는 저마다 학교까지 겁나 먼 곳에 살고 있는 거였다. 일단 집에서 학교가 멀다는 점으로 형성된 우리의 공감대는 점차 넓어져, 머지않아 서로의 본진을 공유하기에 이른다.

"진짜? H.O.T. 좋아해?"

내가 신화를 좋아하는데 너는 H.O.T.를 좋아하는구나! SM덕들이 대체로 그렇듯 같은 소속사라면 꼭 같은 팀을 좋아하는 게 아니더라도 왠지 성큼 가까워지는 기분이 드는데, 그날도 그랬다. 멀게만 느껴졌던 거리가 약 80% 좁혀졌다. 그리고 이어 사슴이가 자신의 최애가 강타임을 밝혔을 때! 첫인사를 건넬 때와는 다른 의미로 가슴이 두근거렸다.

"너 그럼, 〈인형〉 노래 알겠네?"

"당연하지!"

그렇구나! 당연하구나!!! 괜히 사는 지역 이야기로 물꼬를 틀 게 아니라 처음부터 직진할걸! 사슴이와 좀 더 이야기를 나누고 싶었는데! 우리 사이는 이제 막 스파크가 튀었는데! 본격적인 등교 시간이 다가와 버렸다. 하나둘씩 들어오기 시작한 같은 반 아이들을 보며 나는 아쉬움을 뚝뚝 떨어트린 채 내 자리로 돌아갔다. 우리는 그날부터 당장 점심을 같이 먹기 시작했고 대화를 나눈 바로 당일, 학교가 끝나자마자 안양일번가로 향했다. 더 미룰 것도 없이 노래방에 가야 했기 때문이다.

> [지훈] 아침이 오는 소리에 난 잠이 들어요
>   오늘도 역시 그대
> [혜성] 날 잊고 보냈었는지 그렇게도 쉽게
>   괜찮을 수 있는지 우-
> [지훈] 항상 변함이 없었던 그대 떠나간 게
>   믿을 수 없어 힘들었죠
> [혜성] 그냥 그렇게 서로가 조금씩 잊어가겠죠
>   사랑한단 말조차도 소용없겠죠

이거지! 이거거든! 서로 주고받으면서 불러야 하는 노래! 이게 가요 프로그램이었다면 서로의 개인 파트에 집중하면서도 상대방에게 파트가 넘어갈 때, 그리고 서로의 화음이 겹쳐질 때는 아.이.컨.택.을 하지 않을 수 없는 상황. 영혼마저 서로 마주 보고 노래를 부르게 하는 바로 그런 상태! 오늘 처음으로 대화를 튼 주제에 우리는 〈인형〉으로 시작해 더 이상 노래방 아주머니께서 보너스 시간을 주시지 않을 때까지 노래를 불렀다. 지금이야 코인노래방이 대세지만 그때의 노래방은! 특히 낮 시간대에 입장하면, 들어올 땐 내 마음이더라도 나오는 시간은 주인장 마음이었다. 언제나 손님이 많은 주말에도 최소 한 시간 반은 놀 수 있었고 평일 오후 시간 같은 경우 세 시간도 놀다 나오곤 했다. SM패밀리답게 나는 H.O.T.의 노래를, 사슴이는 신화의 노래를 수록곡까지 웬만큼 알고 있었다. 덕분에 노래방에 등록된 아이돌 노래를 파트별로 주고받으며 목이 쉴 때까지 불렀다. 그리고 아주머니께서 더 이상 시간 추가를 안 해주시겠다 확신이 들 때쯤! 남은 시간이 1분 대로 떨어졌을 때! 우리는 다시 한번 〈인형〉을 재빨리 선곡 목록에 추가하고 시작 버튼을 눌렀다.

　　[지훈] 워- 그래요 난

　　[혜성] 바보 같지만

　　[지훈] 우리 지난 기억들

　　[혜성] 간직하며 홀로

　　[duet] 지키고 있을게

[duet] 한동안 많이 아파 울다 지쳐 그대를 찾겠죠

[지훈] 신경 쓰지 말아요 난

[혜성] 잠시뿐인

[duet] 이별이니까

같은 노래를 부르며 같은 기분을 느끼고, 서로의 마음이 연결되는 듯한 이 기분! 아, 그러고 보니 이것이야말로 마치 네오 컬처 테크놀로지Neo Culture Technology▸의 보급형 버전이 아니었을까. 그래서 그렇게 회장님께서는 우리가 노래로 하나가 될 수 있다고 강조하셨구나! 네오 컬처 테크놀로지가 멀리 있는 것이 아니었구나! 앞서 인생 친구라고 언급한 만큼 서로 다른 대학교에 진학하고 전혀 다른 진로를 선택했어도, 우리는 서로 특별한 친구라는 마음을 언제나 간직하고 있었다. 사슴이가 결혼하기 전까지 우리는 한 달에 한 번

▸ '새로운 문화 기술'. SM 엔터테인먼트 이수만 대표가 추구한 회사 콘텐츠 전략으로서, 동명인 아이돌 NCT를 데뷔시키며 그룹의 핵심 키워드를 '개방성'과 '확장성'으로 소개했음.

씩은 어떻게든 시간을 내어 꼭 안양일번가에서 만났다. 그때의 안양일번가는 안양, 수원, 의왕, 군포 일대를 하나로 아우르는 만남의 장소였다. 술집 많고, 정돈되지 않은 길거리에 주말엔 담배꽁초도 많았고 낮부터 주정뱅이들이 돌아다니던… 정겨운 곳! 그렇게 시시한 장소를, 우리는 대학생이 되고 아르바이트를 하고 주머니 사정이 넉넉해졌어도 여전히 떠나지 못했다. 서른이 넘은 나이에도 그곳의 카페에 앉아 몇 시간이고 수다를 떨고 있노라면 우리는 여전히 고등학생 때의 모습으로 서로를 기억하고, 바라보고 있었다. 물론 사슴이가 결혼을 하고 엄마가 되고 나서부터는 대화 주제가 좀 바뀌긴 했다. 그렇다고 엄마가 된 사슴이와의 토크가 재미없어졌냐? 절대 Nope! 놀랍게도 나의 개아들 육아와 사슴이의 사람 아들 육아에는 놀라울 정도로 공통점이 많았다. 그리고 우리는 언제든지 이 말 한 마디면 바로 타임워프가 가능했다.

"노래방 갈까?"

그렇게, 기억 너머로 흘러간 줄 알았던 이 곡은 어느 순간 남자 아이돌 듀엣곡의 교과서로 세상에 거듭나 있었다. 발매된 공식 음원만 해도 원곡, 이후 리메이크로 임창정&신혜성 버전, 백현&도영 버전이 있고. 이름만 대면 다들 알 만한 아이돌들이 커버한 영상을, 유튜브에서 어렵지 않게 볼 수 있다. 내가 가장 좋아하는 버전은 역시 원곡이다. 악기 소리라든가 그런 게 좀 예스럽긴 하지만. 가장 많이 들었기 때문인지 몰라도 그래도 원곡이 갖는 아우라가 분명히 있는 것처럼 느껴져서. 그리고 안칠현 이사님의 피아노가 정말 대박적이어서.

백현&도영 버전은 기대를 진짜 많이 했던 터라 처음 들을 땐 긴장을 좀 했다. 내가 긴 시간에 걸쳐 많이 좋아했던 곡이고 백현, 도영 모두 정말 정말 좋아하는 보컬이기 때문이다. 음원이 기대에 못 미치면 두 배로 실망할 것 같은 기분이 들었다. 그런데 역시 쓸데없는 걱정이었지. 보컬 천재들은 절대 본인 노래만 잘하지 않는다. 그들의 보컬로 어떤 곡을 들었을 때 가슴이 뛰었는지, 그 곡 전체에서 어떤 파트의 가창이 좋았는지 디테일하게 언급하기 시작하면 또 끝없이 길어질 것 같으니 이쯤 하고. 아무튼! 〈인형〉을 부르는 그 두 보컬리스트는 뭐랄까, 그들의 또 다른 '부캐'처럼 느껴질 만큼 새로웠다. EXO나 NCT에서 듣던 목소리와는 또 다른 채도와 농도였다. 백현의 다음 앨범을 빨리 듣고 싶고, 도영의 솔로가 꼭 나왔으면 좋겠다.

아직 혼자 남은 추억들만 안고 살아요

그대 돌아오면
거미

가사를 쓸 때 줄글처럼 선명하게는 아니더라도 감정의 기승
전결의 흐름이 느껴지는 가사를 좋아한다. 그런 측면에서,
가사를 쓸 때 내가 주로 쓰는 구성은 점점 감정선이 증폭되
다가 D브릿지에 가서 펑! 터진 뒤에, 바로 따라붙는 코러스
3에는 D브릿지에서 터트린 것들의 축제 정도로 마무리될
때가 많다. 그렇게 대단히 특별한 어떤 기술도 아니거니와
구체화하여 설명하기엔 오직 '느낌'뿐이라, 고작 이것을 팁
이라고 하기엔 민망한 구석이 더 크다. 그래서 '본인만의 가

사 스타일이 있다면?' 같은 질문을 받았을 때의 답변은 대체로 '아, 저는 딱히 스타일이 없는 게 스타일 아닐까'라는 자신 없는 대답을 하고 마는 것이다. 때때로 '서사성'을 갖는 걸 제가 좋아합니다! 정도 대답했던 것 같다. 이처럼 일정 흐름을 타고 올라가거나 또는 내려가는 구성에 여전히 깊은 매력을 느끼는 것은 역시 내가 가진 과몰입 기질 중 하나가 아닐까 싶다. 그 단계를 하나하나 밟아가면서 보이고 들리는 것들을 씹고 뜯고 맛보고 즐기는 과정을, 나는 실제로 퍽 좋아하는 편이니까.

바야흐로 2003년에 거미의 〈그대 돌아오면〉이 발매되었다. 처음 이 곡을 들었던 순간부터 반하지 않을 수 없었던 것은 갓 데뷔한 거미의 보컬이 앞서 말한 감정의 단계를 너무나 촘촘하고 섬세하게 밟아가고 있었기 때문이다. 그냥 밟기만 하는 것이 아니었다. 화자가 느끼고 있는 감정과 보고 있는 풍경들을 노래를 듣고 있는 나에게, 마치 옆에서 같이 걷는 듯한 느낌이 들게 해주었다. 노래의 도입부는 악기 소리부터 보컬까지 곡을 구성하고 있는 모든 요소가 간결하고 잔잔한 물결처럼 느껴지는데, 후반으로 갈수록 처음의 그 잔물결은 온데간데없이 사라지고 커다란 해일에 덮이는 기분이랄까. 노래에 내 감정선을 턱 하고 맡겨 놓으면, 그 물결에 치여서 나도 모르는 사이에 아주 거대한 바다로 떠내려가고 있었다. 자꾸 물의 흐름에 비유하게 되는데, 이는 아마도 뮤직비디오에 등장하는 장면들 때문인 듯하다.

이 곡의 뮤직비디오에는 크게 두 가지 공간이 등장한다. 하나는 화자의 마음 같은 물속. 이제 막 데뷔한 그녀는 물속에서 피아노를 치며 노래를 하고 있다. 또 하나의 공간은 아마도 그녀를 두고 떠나는 대상과의 마지막 만남 장소. 발밑에 강물이 흐르는, 까마득한 다리 위다. 자연스레 수면 아래 잠겨 있는 쪽은 숨 쉬는 일마저도 쉽지 않을 것이고. 물 위에 있는 쪽은 휴대폰이나 반지 같은, 둘의 애정을 증명하는 물건들을 수면 아래로 던지며 앞으로 나아간다. 여성 화자는 수면 아래서 자기가 맞이한 이별의 감정을 견뎌내는데, 이 감정의 파동은 그녀가 시종일관 물속에 있음에도 불구하고 노래가 절정을 향해 치달아 갈수록 점점 더 커진다. 나는 이게 정말 소름 끼치도록 좋았다. 눈을 감고 들어도 점차 커

넘쳐나는 이별 인구의 스트리밍

져가는 감각이 무척 생생했기 때문이다. 어쩌면 이런 노래들을 수없이 듣고 곱씹으면서, 내가 좋아하는 구성이 생겼고, 이 구성은 작사가라는 직업을 가진 뒤 내 작업물들에서 은은하게 나를 이끌고 있는 것이 아닐까. 그리고 이 노래가 나올 무렵. 나는 삶에서 '이별'이라고 명명해도 될 법한, 첫 번째 이별을 했다.

우리는 어렴풋이 알고 있었다. 만약 우리가 각자의 길을 가기로 한다면, 우리의 끝은 상쾌까지는 아니더라도 요란함이라는 것을 찾아볼 수 없이 아주 조용하고 그저 그렇게 지나갈 것임을.

"우리 서로 자존심 왜 이렇게 세우지?"

"둘 다 어려서 그렇지, 뭐."

"실제로 어리잖아."

"그만할까?"

"그래, 그럼."

얼추 이런 대화가 오고 갔던 것 같다. 지금 생각해 보니 둘 다 영악해 빠져가지고……. 진짜 어른의 감정이 뭔지도 모르면서 어른스레 굴려고 서로 아등바등하더니, 막상 서로의 손을 놓을지 말지를 고민하는 시점에 닥치자 어려서 그렇단 말 한마디로 모든 문제를 합리화해 버렸다. 사랑하는 사람에게 기대거나 투정 부리는 법 자체를 아예 몰랐던 때. 애초에 사랑하는 사람에게 그런 배려를 기대하는 것 자체가 멋있지 못한 모습이라 생각했던 때. 우리 같은 애송이들에게 인과응보나 다름없는 마지막이었다. 헤어지고 난 후 이별의 후폭풍을 거세게 얻어맞지도 않았다. 그때는 내가 기질적으로 그런 일에 크게 미련을 두지 않는 성향이라서 그런 줄 알았지. 그러나 그게 아니었다는 걸 몇 년쯤 지나고 나서야 알았다. 애초에 쿨한 성격이라서가 아니라, 어른스럽고 담담한 연애를 하겠답시고 머리를 굴리느라 마음을 덜 내어줘서였다는걸. 어찌 생각해 보면 몰라서 다행이었던 것 같기도 하고. 상황의 본질을 알고 있었더라면 고작 그렇게밖에 굴지 못했던 그때의 나를 스스로 많이 부끄러워할 수밖에 없었을 테니.

시간은 착실히 흘렀다. 애초에 학교 수업 외에도 아르바이트 시간표를 촘촘하게 짜던 편이라 평일 밤과 주말까지 꽉 채워 일했으니, 그렇게 느낄 수밖에 없었다. 이별이 이렇게 싱거워도 되나? '흔한 이별 클리셰로 친구들이랑 같이 술이라도 마시면서 울어야 하나?' 싶은 생각도 얼핏 들었지만, 태생적 알코올 쓰레기인 나는 술맛을 딱히 느끼지도 못하는 데다, 별 감흥 없는 술자리에 시간과 돈을 쓰는 것이 아까웠다. 사슴이를 만나서 이별을 주제로 이야기를 나누다가도 울거나 하지 않았다. 오히려 이야기는 너무 쉽게 딴 길로 새곤 했다. 그 무렵 사슴이가 탈까말까 하는 단계의 썸이 더 흥미로웠기에, 오히려 그 상대를 분석하고 같이 상황을 파악하는 토크가 우리에겐 더 시급했다. 지난 일은 이미 지난 일이고, 둘 중 하나를 선택하자면 당연히 앞으로의 일에 대해 이야기하는 것이 더 의미 있으니까.

"그런데 진짜 그렇게 아무렇지도 않아?"

카페에서 나와 버스 정류장으로 향하며 사슴이가 물었다.

"응. 신기하지?"

"아니, 뭐 그럴 수도 있지. 근데 좀 의외라."

"어떤 부분이?"

"너 눈물 많잖아."

그건 맞는데. 대체로 내가 우는 타이밍은 슬픈 상황일 때보다는 억울하거나 분할 때잖아. 왜 그런 애들 있지 않나. 싸울 때 할 말 많은데 눈물 먼저 터져버리는 바람에 기 싸움에서 밀리는 타입들.

"…아. 것도 그러네."

사슴이는 그답지 않게 맹한 얼굴로 나를 바라보았고 그쯤 우리는 안양역에 도착했다. 전철을 타고 집으로 돌아가는 사슴이를 배웅하고 혼자 안양일번가를 걸어 나오며 나는 조금 전 사슴이와의 대화를 복기했다. 그리고 이별 전, 기억 속 몇 가지 장면들이 연달아서 떠올랐다. 그러다가 툭! 눈물이 터지고 말았다. 서로에게 안녕을 고한 지 3주 정도 흘렀고, 그 사이에 아무 일도 없었는데! 내 일상이 흔들리거나 슬픈 감정에 취한 적도 없었는데! 그동안 나지 않던 눈물이 뒤늦게 터졌고, 이유도 뒤늦게 알았다. 나는 지금 몹시 억울하고 분했다. 이별 후의 감정은 당연히 슬픈 것이라는 1차원적인 생각에 현혹되어 있었으니 단순하게 "아, 난 별로 안 슬픈가 보구나" 했다. 그런데 불현듯 '그 애'가 아닌 '이별' 이라는 무형의 존재와 1:1 매치가 성사되었고, 상대와 눈이 마주치는 순간 억울하고 분한 감정이 밀려 들어왔다. 아주 쿨하게 헤어진 줄 알았는데, 제대로 완성되지 않은 반쪽짜리 이별이었다. 우리는 그냥 각자 도망쳤던 거다. 그 사실을 인지하고 나니까 그제야 '빤한' 이별이 시작됐다. 이를테면 〈그대 돌아오면〉의 가사에서 다루는 그 이별이.

그대에게 쓴 편지 전하지도 못하고
내 두 손에 가만히 놓여 있죠
그댄 그렇지 않죠
나와 나눈 얘기도 기억도 모두 묻은 거겠죠

아직 혼자 남은 추억들만 안고 살아요

우리 함께 걷던 그 거리를 혼자 걸어요

혹시 걷다 보면 나를 찾는 그대를 만나

다시 그대와 사랑하게 될까 봐

칼같이 돌아선 우리가 미련을 이유로 서로에게 연락하거나 이별을 번복하는 일이 쉽게 일어날 것 같지는 않지만. 그래도 같이 걷던 거리를 혼자 걸으며 너를 우연히 마주치는 상상을 몇 번쯤 했다. 그 상상 속에서 너는 너무나 괜찮기도 하고, 아주 힘들어하기도 했다. 막상 사귈 때는 서로에게 평면적인 모습만을 보여주려 노력했던 것 같은데 상상 속에서 너와 나는 전에 없이 입체적이고 솔직했다. 나 역시 우연히 마주친 너에게 어떨 때는 담담하게 굴었다가, 또 어떨 때는 붙잡았다가 했다. 그렇게 열린 결말 속 우리를 그리다 보면 어느새 서로 인사를 나누고 헤어지던 장소 즈음에 도착하곤 했다.

안녕. 잘 지내.

미뤄뒀던 이별의 완성이었다.

그 이후 사람을 대하는 패턴이 조금씩 바뀌어 갔다. 나 스스로 느낄 수 있을 정도로 아주 조금씩. 솔직하고 잔망스러운 쪽에 가까워졌다고나 할까. 연애 관계뿐 아니라 타인을 대하는 전반적인 태도가 바뀌었다. '좋아!' 같은 얘기는 생각날 때마다 바로바로 했다. 정제되지 않은 생각이나 기분 같은 것들도 거침없이 보여줬다. 대충 이런 느낌인데, 잘 전달되고 있니? 하고 때때로 상대에게 묻기도 했다. 후회하고 싶지 않았기 때문이다.

최근, 한동안 잊고 지냈던 그때의 치기 어린 감정들을 녹여 내야 하는 작업물이 있었다. 바로 역.솔.남.▶ 태민 님의 〈2 KIDS〉. 그 어린 날의 내가 얼마나 오만하고 서툴렀는지 너무 알아서 선뜻 가사를 써 내려가지 못했다. 어떻게 해도 예쁘게 포장할 수 없는 감정이었다. 여기에 아름다운 비유적 표현을 덧대는 것 자체가 기만처럼 느껴져서 첫 문장을 어

▶ 역대급 솔로 남자가수.

떻게 시작해야 할지 감도 오지 않았다. 그 결과, 평소에 쓰는 것과는 좀 다른 톤의. 날것에 가까운 감정을 그대로 복사·붙여넣기 한 가사가 나오더라.

거미의 노래들은 발매될 때마다 골고루 좋아했다. 앨범 발매 소식이 들려오면 서점에 가서 CD를 샀고, 가사지를 천천히 읽으며 듣곤 했다. 어쩌면 내가 놓치고 있을지도 모를 감정선을 만날 것 같은 기분이 들어서. 사람과 사랑에 대한 태도가 바뀌고 나니 이별 노래를 듣는 것이 어렸을 때와는 다른 의미로 재미있어졌다. 지금의 나는 '이별'과 1:1 매치에 놓이더라도 억울하지 않을 만큼, 사랑하고 있는 순간에 충분히 마음을 쏟아내는 법을 알고 있으므로.

마지못해 살아가겠지 너 없이도

시간이 흐른 뒤
윤미래

아이돌 위주의 작사 작업을 하다 보면 톱 라인 가사 외에, 이따금 랩 가사를 써야 할 때가 있다. 랩 가사 쓰는 일이 말이 쉽지, 생각보다 까다롭고 복잡한 작업이다. 그 이유를 묻는다면 just one, 난 전문 랩퍼가 아니고! just twice, 정박이면 그나마 좀 나은데 비트와 밀당해야 할 때는 음절을 따는 것부터 이미 벼랑 끝에 몰린 기분이다! 굳이 더 핑계를 보태자면 내가 가지고 있는 영어 어휘가 많지 않은 것도 있고. 뭐, 대충 이 정도? 그나마 다행인 것은 대략 서정적인 편으로 캐해▶를 당하는 것에 비해, 내가 가지고 태어난 흥이 많다는 거다. 그래서 힙합과 랩도 퍽 좋아한다는 거. 그리고 내가 이런 장르에도 무리 없이 익숙해질 수 있었던 건, 태초에 그곳에 그녀가 있었기 때문이다. 업타운과 타샤니를 거쳐 솔로 가수로 우뚝 선. 힙합과 소울을 넘나들며 랩과 보컬다 되는, 설정값 초과의 만능 사기 캐릭터 윤! (쾅!) 미! (쾅!) 래! (콰쾅!) 업타운 시절에는 신기했고 타샤니 시절에는 굉장했던 그녀는, 모든 그룹 활동을 접고 나의 최애 앨범인 첫 솔로 앨범을 들고 나타났다. 여성 래퍼의 교과서였던 그녀와 타샤니의 앨범을 나는 정말 많이 들었다. 덕분에 힙합의 매력을 알게 되었다고 해도 과언이 아니다. 물론 아이돌 그룹의 노래에도 힙합 장르의 곡들은 있었고, 팀마다 래퍼가 있었지만 그녀의 힙합은 누가 봐도 레벨이, 어쩌면 이건 아예 장르 자체가 다르구나! 느낄 만큼 특별했다. 나에게 윤미래의 신보는 발매될 때마다 당연히 사야 하는 것이었고, 적어도 활동곡에 나오는 랩 정도는 완벽히 외울 수 있어

▶ 캐릭터 해석.

야 했다. 〈Memories〉 같은 곡은 진짜 명곡이지! 지금 마이크를 쥐어주면 당연히 한두 줄을 못 넘고 랩을 절겠지만 발매됐을 당시에는 한 박자도 놓치지 않고 신나게! 자신 있게! 뱉을 수 있었다. (아이고, 또 고조선을 지나 석기 시대 이야기를 하고 있다.) 그 시절 나의 랩 선생님, 윤미래 선생님. 흑흑. 지금 그나마 랩 가사가 나와도 기죽지 않을 수 있는 게 다 선생님 덕분이거든요. 정말 감사하고 사랑합니다. 또 그녀의 노래들을 떠올리면 빼놓을 수 없는 장르가 바로바로 R&B. 〈하루하루〉, 〈선물〉, 〈To my love〉 등 진짜 명곡이 많은데, 이 이야기는 그중에서도 〈시간이 흐른 뒤〉에 대한 아주 짧은 추억이다.

앵무(정보 없음)와는 같은 반이 되었지만 놀라울 정도로 접점이 없었다. 같이 어울리는 무리가 다르기도 했지만, 조별 과제 같은 것을 하다가 한 번쯤 동선이 물릴 법도 한데 1학기가 거의 끝나가도록 앵무와의 대화는 2회 이상의 랠리가 진행되지 않았다. 앵무는 공부도, 체육도 잘했다. 나는 공부보다 재미있는 게 너무 많았고 체육은 싫었다. 그래서 여름방학으로 접어들기까지 앵무와 나에게 서로의 존재는 학우 1 정도에 불과했고, 그에 대해서 딱히 생각해 보지도 않았던 듯하다. 이를테면 앵무와 친구가 되고 싶다거나 하는 그런 감정 말이다. 그래서, 학년이 끝날 때까지 쭈욱 그럴 줄 알았는데.

"… 아, 안녕……?"

시내에 있는 대형 음반매장에서 앵무를 우연히 만났다. 방학 기간에 마주친 탓에(물론 학기 중이어도 그랬겠지만) 서로 어색하게 웃으며 인사했다. 서로를 의식함과 눈이 마주침이 거의 동시간대에 이루어진 터라 '못 본 척하고 지나갈까?' 같은 내적 갈등을 가질 시간이 없었기 때문이다. 앵무도 나랑 비슷하게 고장 나 있었다.

"…… 안녕!"

그래서! 그다음엔 어떻게 해야 하는 거지? 안 친한 친구

넘쳐나는 이별 인구의 스트리밍

마주쳤을 때의 메뉴얼을 빨리 떠올려 보자! Hi 다음에 바로 Bye 하면 되는 건가? 약간의 대화도 없이 그냥 그렇게? 어떻게 해도 선뜻 자연스럽지 않은 것 같아 머릿속에 많은 흔한 대사들이 엉키고 있던 그때. 용감하게도 앵무가 먼저 다음 말을 던졌다.

"앨범 사게?"

"헉! 어떻게 알았어?!"

순간 나도 모르게 뜨끔했다. 사실 '이번 달에는 CD 좀 그만 사자!' 했던 시기였는데 31일이 아직도 한참 남은 시점에 또 음반매장에 와 있었기 때문이다. 앵무는 과하게 놀란 내 모습이 꽤 웃긴 눈치였고, 나는 다소 멍청하게 앵무를 따라 웃었다. 대화를 좀 더 이어가면서 알게 된 사실인데 앵무는 내가 책가방에 늘 CD를 여러 장 가지고 다니는 것을 알고 있었다. 아아…! 하고 나는 또 맹한 소리를 했던 것 같다. 그날도 가방에는 네다섯 장쯤 되는 CD가 들어 있었다. 그러고 보니 '음원'과 '스마트폰' 시스템이 정말 큰일을 해냈다. 수

백, 수천 곡의 음악도 휴대폰 하나로 들을 수 있게 되었으니.

"그렇게 들고 다니면 안 무거워?"

"가벼워!"

나는 손에 들고 있던 가방을 앵무에게 내밀었다. 앵무는
머뭇거리며 가방을 받아들더니 '진짜 별로 안 무겁네' 하는
표정으로 몇 번인가 가방을 위아래로 들어 보았다.

"마음 같아선 집에 있는 거 전부 다 들고 다니고 싶은데 그래봤
자 하루에 들을 수 있는 양은 정해져 있으니까. 아침에 몇 개씩
만 골라서 갖고 나오는 거야."

"집에 앨범이 도대체 얼마나 있는 거야?"

음 그러니까… 요 정도? 하고 답하며 옆에 있는 앨범 매
대의 서너 칸 분량을 내가 가리키자 앵무는 우와! 하고 놀랐
다. 나중에 구경하러 가도 돼? 조심스레 묻는 앵무에게 나는
아주 흔쾌히 그러라고 답했다. 그 순간 왜 그렇게 기분이 좋

앉는지 몰랐는데, 지나고 보니 이게 다 내가 오타쿠여서 그 랬던 거 같다. 모름지기 오타쿠에게 수집품을 누군가에게 공개하는 일은, 뭐랄까. 나의 덕력을 세상에 공개하고 그것을 인정받는 것 같은 기분이니까.

그리고 그 다음 주에, 앵무는 우리 집에 진짜 놀러왔다. 반년 가까이 접점이 없었던 것치고는 급발진에 가까운 전개였다. 생각보다 앵무와의 거리는 빠르게 좁혀졌다. 앵무는 그날 하나씩 사 모은 마이 프레셔스▸들을 보고 우와!를 연발했고 집에 돌아가는 길, 나는 앵무의 시선이 가장 오래 머물렀던 것 같은 〈T〉 1집 앨범을 앵무에게 내밀었다.

"나 지난주에 계속 이것만 들었거든. 이번 주엔 안 들어도 될 만큼 충분히 들었으니까 빌려줄게!"

"진짜? 그래도 돼?"

"응. 근데 떨어트리면 안 돼! 이거 케이스 진짜 잘 부서져! 아⋯ 아니야 부서져도 괜찮아. 공CD 케이스랑 바꿔 끼우면 되니까."

▸ My Precious. 《반지의 제왕》 시리즈의 등장인물인 '골룸'이 절대반지를 품으며 뱉은 대사로, 일종의 밈처럼 쓰임. 내 보물이라는 뜻.

빌려준다면서 말이 길어진 것 같아 조금 부끄러웠다. 앵무는 웃으며 CD를 빌려갔고 나는 한동안 앵무의 CD 대여점이 되었다. 앵무는 빌려간 CD를 돌려줄 때 그중에서 가장 마음에 들었던 곡이 뭐였는지, 어느 가사가 좋았는지 귀여운 메모지에 적어서 가사지에 붙여두곤 했다. 오~ 앵무가 이 곡을 좋아했어? 메모를 읽으며 나는 앵무라는 사람에 대해 이러저러한 추측을 해보는 것이었다. 가령 좀 귀엽고 뽀짝한 노래를 고른 주에는 뭔가 기분 좋은 일이 있었나 추측해 보거나. SMP 스타일의 쿵! 쿵! 쿵! 거리는 노래가 좋다고 한 날에는 앵무는 의외로 이중생활을 하고 있을지도 모른다는 만화적 상상을 해본다거나. 앵무가 고르지 않은 CD를 내가 먼저 추천해서 강제로(?) 빌려줄 때도 있었는데 그럴 때는 마치 답장처럼 내가 좋아하는 것들에 대해 적은 메모지를 붙여놓았다. 돌이켜 생각해 보니 아주 간단하고 가벼운 교환일기 같았다. 아마 내가 앵무에 대해 조금씩 알아가던 만큼 앵무도 나에 대해서 딱 그만큼씩 알아가고 있었을 거다.

겨울이 오고 예비 고3이 된 우리는 각자 다른 반이 되었다. 아마 우리에게는 당분간 서로 CD를 주고받으며 음악을 듣고 이야기를 나눌 시간이 쉬이 주어지지 않을 것이었다. 2학년의 마지막 날 나는 새로 산 〈T〉 1집을 앵무에게 내밀었다. 크리스마스도, 생일도 아닌 그냥 그런 날이어서…그 순간에 조금 귀가 달아올랐던 것도 같다. 앵무가 그 앨범에서 제일 좋아했던 노래는 〈시간이 흐른 뒤〉였는데, 이 곡은 내가 그 앨범에서 가장 좋아했던 노래이기도 했다. 앵무가 이 노래를 제일 좋아한 이유는 지금도 정확히 기억난다.

  "가사가 너무 포근해."

이별 노래에 포근하다는 표현이 어울리나? 앵무의 메모를 보고 다시 가사를 곱씹어 보니 뭔지 조금 알 것 같기도 했다. 아주 긴 시간이 흐른 뒤에도 담담하게 누군가를 기다리고. 반대로 누가 나를 한결같이 기다려준다고 생각하면 조금은 울컥하지만 따뜻하고 포근한 기분이 든다. 내가 〈시간이 흐른 뒤〉를 좋아했던 이유는 가사도 물론 좋았지만, 목소리가 더 컸다. 그 가득한 소울 안에서 숨과 감정의 양을 아주 섬세하게 쥐락펴락하는, 느슨하게 끌었다가 다시 감아올리는 보컬의 느낌이 너무 아름다웠기 때문이다.

최근에 대형 기획사가 아닌 솔로 아티스트의 발라드곡을 작업할 일이 있었다. 처음 데모를 들었을 때는 아주 가벼운 마음이었다. 발라드? 여자? 뭐 후크송도 아니고 이런 무난한 흐름이라면 땡큐지! 그동안 좋아한 여자 발라드곡이 몇 갠데! 그런데. 막상 작업을 시작해 보니…… 'OTL'▶이었다. 그것도 완전 심하게. 혼란에 빠졌다. 대체 이게 뭐지? 나 이거, 왜 이렇게 진도 못 빼고 있지요? 연차 이쯤 쌓인 사람이 이 지경으로 한 글자도 못 쓰고 있으면 안 되는 거 아닌가요?!

이렇게 된 원인이 무엇인가! 곡과 끙끙 씨름하며 생각해 보았는데. just one, 그냥 보내기, 무슨 말 해도 절대 안 울기. just twice. 거짓말하기, 손 흔들어 주며 환하게 웃기… 가 아니라! just one! 노래에 흐르는 전반적인 정서가(가이드 녹음에 있는 영문 가사를 비롯해) '제에발 한 번만이라도 나

▶ 엎드려 절망하는 자세에서 유래한 이모티콘.

를 돌아봐 줘어요오오~'였는데 일단 이게 나에게 너무 높은 진입 장벽이었다. 무척이나 좋아했던 윤미래 님의 곡을 포함한 수많은 이별 노래가 대체로 충분히 아파하기는 하나, 상대에게 제발 돌아와 달라며 매달리지 않았다는 걸 이번에 알았다.

마지못해 살아가겠지 너 없이도
매일 아침 이렇게 일어나
밤새 조금씩 또 무뎌져 버린 기억 속에서
애써 너의 얼굴을 꺼내어 보겠지

이렇게. 이미 곡 중 화자가 이 이별을 마음에 받아들인 상태인 거다. 얼핏 보기엔 이별을 받아들인 것보다는, 이를 부정하고 네가 돌아와 주기를 갈망하는 게 더 슬퍼 보이는 것 같은데. 왜 나는 〈시간이 흐른 뒤〉 같은 곡을 들으면서 때때로 오열했을까. 곰곰이 생각해 봤는데 (어디까지나 개인적인 생각이지만) '네가 없어도 나의 삶은 무너지지 않고 어떻게든 이어져 가는 것'이란 사실이야말로 찐으로 슬픈 것 같아! 하는 결론이 도출되었다. 차라리 세상이 무너져 버리면 그거야말로 이 이별로부터의 완전한 해방인 것 같고. 제발 돌아와 줘! 하고 입 밖으로 내뱉으면 그렇게 말을 뱉는 숨마다 아픔이 조금씩 그 호흡을 따라 내 안에서 빠져나가는 것 같은 느낌이 드니까. 네가 없이는 아무것도 할 수가 없다! 하고 뻗어 버리는 건 차라리 쉽지. 반면 돌이킬 수 없는 이별 안에서 흐르는 하루는, 그 이별을 오롯이 끌어안고 또 짊어져야 하기에 더 무겁고 어렵지 않나. 물론 어디까지나 생각의 차이겠지만.

감정선을 고려했을 때, 곡 흐름에서 정점을 찍어줘야 하는 D브릿지나 코러스3 부분에서도 〈시간이 흐른 뒤〉의 화자는 이 아픔 안에서 중심을 잡고 내가 취할 태도를 스스로 분명히 한다.

참으려 애를 써도 늘 보고픈 나는
네가 아니면 안 될 것 같은데 you're the one

As time goes by 난 여기 있어줄게

셀 수 없는 밤이 지나도 사랑했던 그대로

혹시라도 너 돌아오게 되면

단 한 번에 나를 찾을 수 있게

As time goes by

내가 사랑했던, 사랑받았던 기억들을 더듬어 보면, 이별을 대하는 태도마저도 내가 좋아했던 노래들을 닮아 있었다는 사실을 발견하곤 한다. 당연하다 싶으면서도 재미있는 이런 경험들이야말로 대중가요를 사랑할 수밖에 없는 이유가 아닐까.

For the moon by the sea

Sea Of Love
플라이 투 더 스카이

덕밍아웃을 하고 난 뒤 급속도로 친해져 영혼의 쌍둥이처럼 붙어 다녔던 사슴이. 이후 두 명의 친구를 더해서 우리 무리는 넷으로 늘어나 있었다. 그때 같이 다니던 친구는 사슴이와 같은 동아리였던 판다(애니를 좋아하지만 우리랑 어울리느라 H.O.T. 장우혁 오빠를 고름), 친해지고 보니 판다와도 친구였던 코알라(신혜성 오빠 팬, 학기 초에 내가 신화 영업함). 신화 팬 둘, H.O.T. 팬 둘로 조합마저 완벽했다. 당시 코알라네 집은 학교에서 도보 10분이 채 걸리지 않는 거리였고 부모님께서 늦게 귀가하셨다. 덕분에 우리는 언제부턴가 아주 자연스럽게 넷이 다 같이 코알라네 집으로 하교를 했다.

"떡 이만큼 넣으면 되나? 좀 더 넣어?"

"그쯤 하면 되지 않나?"

우리는 종종 용돈을 모아 코알라네 아파트 상가에서 떡볶이 재료와 간식을 샀다. 여자아이 넷이 떡볶이를 직접 해 먹는 것쯤이야 일도 아니었다. 떡 한 봉지랑 어묵 한 봉지만 사가면 되니까, 밖에서 넷이 분식을 사 먹는 것에 비해 돈도 훨씬 적게 들었다. 그렇게 코알라네 집에 들어가면 자연스럽게 가방을 한쪽에 탁탁탁탁! 쌓아놓고 요리 팀과 DJ 팀, 둘씩 조를 나눴다. 주방은 좁고 여러 개의 요리를 하는 것도 아니니 그 정도로 분배하는 게 딱이었다. 요리 팀은 주방에서 그날의 간식을 만든다! 간식은 떡볶이일 때도 있었고 라면이나 김치전 등 간단한 조리 음식일 때도 있었다. 팀 구성은 그때 그때 달랐는데, 나는 요리 팀에 있을 때가 아주 조금 더 많았다. 그때만 해도 요리를 좋아했다! 그렇게 떡볶이를 하고 있으면, 거실에서 들려오던 멘트가 하나 있었다.

"나 어묵 많이!"

요리 팀이 음식을 만드는 사이에 DJ 팀은 오늘 들을 노래를 나름 신중하게 골라서 플레이리스트에 넣는 작업을 했다. 코알라네 컴퓨터가 거실에 있었기 때문에 이것도 아주 딱이었지. 새로 발매된 곡이 있으면 바로 다운받아서 먼저 재생될 수 있게 순서를 만들고 중간에 풍악이 끊기지 않도록 곡을 꽉꽉 채워놓는 것이 DJ 팀의 몫이었다. 그러고 있으면 간식도 얼추 완성되었다. 모두가 거실에 상을 펴고 모여 앉아 같이 간식을 먹으며 음악을 듣고 자연스레 따라 부르고 나름 춤도 연습해 보고 그랬다. 그러다가 주말이 돌아온다! 주말은 안양일번가에서 모이는 날이다. 넷이 노래방에 가서 우리가 연습한 곡들을 제대로 마이크를 잡고 합을 맞춰보는, 일종의 세리머니를 하는 것이다. 우리 넷은 꽤 합이 잘 맞는 팀이었다. 넷이 다니면서 싸운 적도 없었고 누구 하나 삐진 적도 없었으니까.

그렇게 꽉 찬 2학년을 보내고 3학년이 되었을 때, 어쩐지 우리는 다시 사슴이와 나. 이렇게 둘만 남아 있었다. 우리 학교는 분명 인문계 학교였으나, 고3 한정 '취업반'이라는 게 있었다. 2학년에서 3학년으로 올라갈 때 대학에 진학할 애들은 진학반으로, 공부보다는 사회에 먼저 나가고 싶은 애들은 취업반을 선택해 학년 진급을 하는 시스템이었다. 코알라랑 판다는 취업반을 택했고, 그 때문에 학교에 거의 나오지 않았다. 나랑 사슴이는 둘 다 진학반이었지만 학급이 갈렸다. 제2외국어가 서로 달랐기 때문이다. 그렇게 학급이 나뉠 줄 알았으면 나도 중국어 선택할걸. 그때 괜히 러시아어가 뭔가 있어 보여 가지고, 쯧쯧. 그래도 사슴이와는 수업시간 빼고는 계속 함께였다 해도 좋을 만큼 붙어 다녔다. 그렇게 새로운 시스템에 적응해 가던 4월, 플라이 투 더 스카이의 새 앨범이 나온 거다.

"살 거지?"

"사야지."

뭘 그리 당연한 걸 묻나. 3학년은 야간 자율학습을 시키던 학교라 주말이 되어서야 앨범을 사러 갈 수 있었다. 2학년 4인 시스템일 때부터 신보가 나오면 당연하게 코알라네 집에 모여서 (대체 왜 하는 건지 모를) 연습을 했었는데, 자연스럽게 연습실(?)을 잃어버리고 나니 조금 혼란스러웠던 우리. 플라이 투 더 스카이의 새 앨범을 손에 넣고 나니 사슴이와 나는 둘이 같이 있는데도 어쩐지 조금 외로워진 기분이었다. 그래서…

"언제부터 있었어?!"

급작스러운 나와 사슴이의 등장에 직업 훈련을 마치고 집에 돌아오던 코알라가 깜짝 놀랐다. 개인 휴대폰도 다들 가지고 있었겠다, 연락하면 그만인데 어쩐지 그날은 깜짝 이벤트가 있어야 할 것 같았다. 그래서 사슴이랑 둘이 코알라네 아파트 단지 놀이터에서 그네도 타고 시소도 타며 사슴이를 기다렸다. 책가방은 놀이터 벤치에. 책가방 옆에는 장 본 과자와 떡볶이 떡이 놓여 있었다.

"우리 왔지이~."

어색함을 까부는 것으로 승화하던 나와 사슴이를 보자 코알라는 갑자기 울음을 터트렸다. 때는 4월. 새 학기가 시작된 지는 고작 한 달 남짓. 또래 친구들보다 일찍 학교를 떠나 시작한 사회생활이 코알라에게는 조금 버거웠었나 보다. 당황해서 어쩔 줄 모르는 나와 사슴이를 앞에 두고 코알라는 제법 오랫동안 훌쩍거렸다.

2학년 때처럼 코알라네 집에서 익숙한 떡볶이 냄새가 났다. 한동안 비어 있던 플레이리스트가 오랜만에 채워졌다. 소식을 들은 판다도 직업 훈련을 마치고 바로 코알라네 집으로 뛰어왔다. 판다는 손에 패스트푸드점에서 산 고소한 감자튀김을 제법 넉넉히 들고 있었다. 되게 오랜만에 뭉친 우리는 늘 해왔던 것처럼 자연스럽게 새로 발매된 플라이 투 더 스카이의 노래를 함께 듣고, 당연한 루틴처럼 자연스럽게 서로의 키에 따라 파트를 나누고 새로운 타이틀곡인 〈Sea Of Love〉를 연습했다. "우리 다음 주에는 꼭 안양일번가에서 만나!" 반갑게 약속하면서.

너를 그리워하는 이별 노래를 신나게 춤추면서 부르다니. 정말 센세이션이었다. 보통의 이별 노래라고 하면 소 백마리 몰듯이 울면서 부르거나, 아니면 우리 이제 끝났으니까 꺼져버리라고 외치며 거칠게 이별하는 분위기가 대부분이었다. 가사에 등장하는 단어도 되게 직설적이고 1차원적인 경우가 대부분이었다. 그도 그럴 것이 이별의 감정은 겪을 때는 너무 고통스럽지만 그만큼 선명하니까. 누구나 공감 가능한 쉬운 감정이니까 1차원적으로 표현이 되곤 했던 것 같다.

〈Sea Of Love〉는 가사의 결마저 당시의 이별 노래들과 결을 달리했다. 남성 아티스트가 부를 노래, 이별의 정서를 담고 있음에도 불구하고 곡의 톤이 밝고, 제법 힘 있는 안무가 가능할 정도의 리듬감이 있으면서 가사는 문학적으로 아름답기까지 하다. 덕분에 SM에서 발매된 많은 SM표 발라드를 제치고 내 기준 SM의 이별 노래 1등은 여전히 〈Sea Of Love〉다.

언제나 내 꿈엔 비가 내려 차가운 바람도 불고 있어

널 기다리는 내 삶의 끝 본 것만 같아 어떡해

며칠이 몇 년 같은데 넌 아무렇지 않은지

한 번이라도 너를 보여주겠니

For the moon by the sea

네가 떠난 바닷가에 눈물이 마를 때까지

(다 마를 때까지)

사랑한다는 건 오직 기다림뿐이었단 걸

난 왜 몰랐을까 (난 왜 몰랐을까)

가끔 네 눈에 눈물이 고여 흐른다면

그건 내가 눈물이 말라서 네 눈물 빌린 거야

돌아와 제발 내게

뼛속까지 핑크 블러드여서일 수도 있겠지만 나에게 있어
서 SM은 그 자체로 하나의 우주다. 나의 음악, 나의 가사, 나
의 K-POP은 너무나 명확하게 SM이라는 터 위에서 쌓아 올
려졌고. 뭐랄까. 갓 태어난 어린 동물이 각자가 처한 환경

또는 문명 안에서 사회화되는 것처럼. 그런 나에게 익숙한 문명 속에서 새로운 팀이 데뷔한다는 것은… 마치 끝없이 넓은 우주 안에서 이루어지는, 새로운 행성의 발견과도 같았다.

넘쳐나는 이별 인구의 스트리밍

네 손짓 하나 보는 게 난 좋은데

With Me
휘성

…

대학교에 입학하자마자 나는 머리카락을 가만히 놔두지 못하는 병에 걸렸다. 아이돌 문화에 절어서 산 사람답게 교복 입고 다니는 내내 너무나 머리 염색을 해보고 싶었는데… 부모님은 방학 기간에도 염색을 허락해 주지 않았다. 그래서 나는 대학생이 되기만을 드릉드릉 기다렸다. 대학만 가봐라. 저 색깔도 해 보고 저 파마도 해봐야지. 스무 살만 돼봐라! 이러면서.

그리고, 드디어 대학교에 이 몸 등장! 갓 입학할 때에는 그래도 간을 보느라 바로 무리수를 두지는 못했고, 무난한 브라운 계열 염색부터 시작했다. 눈이고 머리카락이고 멜라닌 색소가 어찌나 많은지 염색이 남들보다 오래 걸렸다. 그래도 새카맣던 머리카락을 한 톤 죽여 놓으니 적어도 겉모습만큼은 애가 좀 덜 고집스러워 보였다. 입학 후 슬슬 적응되고 나니 '엣헴! 이제 한번 시작해 볼까?' 하는 기분이 스멀스멀 올라오는 것이었다. 법적 성인이 되었다는 기분에 취해 있었기에 실로 못 할 것이 없는 기분이었고. 이것은 흡사 뒤늦은 사춘기? 나는 집에서 '아무도 날 막을 수 없으셈!' 포지션을 취하기 시작했다. 그런 의미에서 자주 바뀌는 헤어스타일은 꽤나 상징적이었다. 고등학교를 졸업하자마자 하루도 쉬는 날 없이 아르바이트를 하며 착실하게 용돈을 벌었고, 내가 쓰고 싶은 곳에 웬만큼 자유롭게 돈을 썼다. 그 무렵부터는 부모님도 나의 행동이나 스타일에 크게 간섭하지 않으셨다. 명분이 딱히 없으셨던 것 같다. 머리끝이 바삭하게 녹을 정도로 염색과 탈색과 파마를 해댔다. 지금만큼 기술이 좋지도 않고 약도 좋지 않았던 시절이니 손상 정도는 이루 말할 수가 없었다. 빗질 한 번에 머리가 툭 툭 끊어졌다. 그래도 멈출 수가 없었다. 뭘 대단히 저항하려고, 표현하려고 했던 건 아닌데 아무래도 학창 시절 내내 잠재되어 있던 욕구불만이 터져 나오며 본능적으로 끝장을 보려 했던 것 같다. 그리고 슬슬 그 끝장을 바로 목전에 두고 있던 그때. 나에게 뭔가 고차원의 자극이 필요해진 시점이 왔다. 웬만한 건 다 했던 것 같은데… 그때는 그냥 어지간한 파마나 염색으로는 성에 차지 않았다. 머리는 이미 상할 대로 상했으니 장렬히 불 싸지른다는 느낌으로! 뭔가 거하게 한 번 해내겠다고 벼르고 벼르며. 그렇게 다음 헤어스타일을 찾던 중 눈에 들어온 것이 있었으니 바로 당시 휘성의 시그니처였던 '호일파마'▶였다.

요새도 그 스타일을 '호일파마'라고 하는지, 과연 그러고 다니는 사람이 있는지 궁금해서 검색해 보니 의외로 아직도 그 파마를 호일파마라 말하는 사람들이 있었다. 호일파마. 말 그대로 주방에서 쓰는 쿠킹호일… 은박지에 머리카락을 넣고 꼬아서 하는 파마로 힙합 좋아한다는 남자들이 주로

▶ 호일펌이라고도 함. 호일로 파마한 듯 지글지글한 것이 특징.

했던 스타일이다. 부모님께서 물려주신 지독한 곱슬머리 덕에 매일 아침 고데기와 씨름을 해야 했던 나에게, 가닥가닥 뭉쳐 부스스한 모양새가 고유의 본새인 호일파마는 꽤 솔깃한 제안이었다. 저거다! 이번엔 저것을 하겠어! 그 특유의 힙합과 R&B 사이 어딘가에 있는 깊고 진하면서도 자유로운 느낌! 그것을 내 것으로 하고 말겠다며!

"호일파마 해주세요."

무척 비장하게 미용실 의자에 앉았다. 당시 다니던 미용실의 선생님은 이미 나에게 영양 시술을 재차 권하다 포기한 상태였고, 별다른 저항 없이 파마 준비를 시작했다. 아주 무심한 목소리로 선생님은 말했다.

"녹아요."

'알고나 있으라는 듯' 말을 남기며. 그때 당시 이미 탈색모였기에 손상은 이미 뭐 '말해 뭐 해' 한 상황이었고 나 역시 자연스럽게 "아, 예, 알아요~" 했다. 그렇게 시작된 호일 파마. 은박지를 꼬깃꼬깃 말고 미용실 의자에 앉아 있는 내 모습이 마치 한 마리의 외계인 같았다. 그렇게! 파마 완성! 호기로운 나의 기분 탓인가. 그렇게 안 어울리지는 않는 것 같은, 느낌적인 느낌! 손바닥에 소프트 왁스를 살짝 덜어서 머리를 꾹꾹 쥐어가며 스타일 잡는 방법을 간단하게 배우고 미용실 문을 나서는데… 가슴이 심히 두근거렸다! 이렇게 무리한 스타일을 내가 해내다니! 생각해 보면 '밀레니엄 시대'라 말하는 그 무렵 패션과 헤어는 파격적인 게 정말 많았고… 그에 비하면 호일파마 정도는 막 그렇게까지 엄청나게 대단한 스타일링은 아니었는데.

미용실을 나서는 순간 길을 지나는 모든 사람의 시선이 의식되기 시작했다. '요즘 젊은 것들이란, 쯧쯧쯧' 하는 시선도 분명 있었겠지. 그래도 싫지 않았다. 그게 싫었으면 애초에 대학교에 입학하면서부터 얌전히 머리를 길러 단정한 생머리나 C컬 파마 정도를 유지했겠지. 당시 가요 프로그램에 나오는 모든 걸 사랑했던 나에게는 시간이 필요했다. TV에 나오는 멋져 보이던 모든 걸 씹고 뜯고 맛보고 즐길 시간

저 호일파마 해주세요.

음...

머리 다 녹을 텐데.

네, 그래도 해주세요!

위 잉

위 잉

어머!

맘에 들어요?

네! 감사합니다.

안녕히 계세요!

당분간은 머리 염색하지 말아요!

이. 그리고 그 머리를 하고 집에 돌아갔는데…

"네가 무슨 흑인이냐?"

이건 당시 날 보자마자 건넨 엄마의 첫 마디. 눈으로 하는 심한 욕은 덤이고요. 그리고 아빠는,

"……."

말을 잇지 못했다나. 이후 나는 깔맞춤과 풀 착장에 미치는 아이답게 옷의 품을 넉넉하게 늘려갔다. 그렇게 한동안 힙합 느낌의 옷을 입고, 이름의 마지막 한자인 '경璟'을 펜던트로 구현한 체인 목걸이도 아주 그냥 꼼꼼히 챙기고. 줄 이어폰으로 휘성의 소울 가득한 목소리를 들으며 등하교를 했다. 그 이별 노래들에 흠뻑 취한 채로 학교에 도착하면 정말 비로소 '아, 나 대학생이고 어른이구나'라는 해방감이 들었다. 휘성의 음반도 성실히 사 모았었다. 1집이었던 〈..안 되나요...〉도 정말정말 좋아했다. 나에게는 처음부터 이미 믿

고 듣는 휘성이었다. 〈With Me〉가 발매되던 시기엔 또 한동안 '네 손짓 하나 보는 게 난 좋은데'에 취해 있었던 건 말해 뭐 해. 가사지가 닳고 닳도록 보고 들었다.

그해 늦여름이었던가. 막내 이모네 가족들이 캐나다로 이민을 갔다. 그래서 엄마 쪽 자매들이 온 가족을 모아 가족사진을 남긴다는 소식이 들려왔다. 당시 사진을 찍기로 약속된 시간과 날짜에 나는 아르바이트가 잡혀 있어서 그 촬영을 함께하지 못했는데, 의외로 엄마가 별로 서운해하지 않는 거였다. 그래도 애써 시간을 내보라든가 하는 이야길 하지 않았다. 당시엔 나도 대수롭지 않게 생각했었는데 그 뒤로 한참 시간이 지난 후에, 엄마가 그 사진을 정리하면서 무심코 한마디를 했다.

"그래도 그 머리를 하고. 굳이……."

아하. 우리 엄마, 나 부끄러웠네. 어쩌면 모두가 함께 찍는 마지막 가족사진일 수도 있겠다 싶은 그 사진에, 당신 딸

넘쳐나는 이별 인구의 스트리밍

이 맥주로 빤 것 같은 탈색모에 호일파마한 상태로 박제되는 게 상상만 해도 수치스러웠네! 그래도 뭐 딱히 배신감이나 소외감 같은 게 들지는 않았다. 엄마는 엄마고 나는 K-장녀니까. K-장녀에게 그쯤이야.

　날 미워해도 사랑할 수 있는데
　난 너만 보면 행복할 수 있는데
　그런 내 맘까지 아프라는 건지
　왜 가기 싫은 날 떠미는지

　사랑일 거라고 믿고 있어
　네 맘이 아닌 걸 알고 있어
　더 많이 사랑할 사람 찾아가란 말
　아픈 네 맘도 다 알 수 있어

　그때의 호일파마를 마지막으로 나의 헤어 유랑기는 막을 내린다. 일단 손상이 너무 심해서 더 이상 다른 스타일을 시도할 수 없었다. 파마가 들어간 곳은 여전히 그 스타일이었으나 뿌리가 자라나서 윗부분이 축 처지기 시작하니 한 마리의 대형 삽살개가 되어갔다. 파마를 풀어야 할 시기였다. 거의 검정색에 가까운 짙은 갈색으로 염색을 하고 녹아버린 끝을 잘라내고 나니 머리가 또 여자치고는 훌쩍 짧았다. 다른 무언가를 할 수 있을 때까지 더 이상 머리를 건드릴 수 없었고 그렇게 자의 반, 타의 반으로 길러진 머리는 내가 4학년이 되던 해엔 어디로 봐도 이상할 데 전혀 없는 평범한 여대생의 모양새가 되어 있었다. 그래도! 하고 다니는 차림새가 얌전해졌다고 해도! 아무도 나의 소울을 막을 수는 없으셈! 새롭게 발매되는 휘성의 노래는 꾸준하게 줄 이어폰을 넘어 내 등하굣길을 함께했다.

CHAPTER 4

너희가 힙합을 아느냐

저기 멀리서 들려오는 희망찬 함성소리

남자 이야기
허니 패밀리

'57'로 시작하는 주민등록번호를 가진 한 남자가 있었다. 그를 간략히 소개하면 충남 아산시 탕정면 갈산리가 고향인, 당시 동네에서 가장 큰 과수원을 운영하던 집의 차남이었다. 어릴 때부터 제법 영특했던 그는 학교에 입학하고 몇 년간 학급의 반장을 맡았다. 그의 아버지는 똑똑한 둘째 아들을 자기 과수원에 묶어두고 싶지 않았다. 공부도 제법 잘하니 큰 인물이 될 아이라는 확신이 들었다. 아들이 12살이 되자마자 그는 이른바 '식모'를 붙여 서울로 유학을 보냈다.

너희가 힙합을 아느냐

6·25 전쟁 때 소년병 출신으로 전쟁에 뛰어드느라 펼치지 못한 자신의 꿈을, 아들에게 덧입힌 셈이었다. '경묵'은 그렇게 아주 어린 나이에 서울로 보내졌다. 전쟁 때문에 자신의 삶을 유예해야 했던 제 아버지의 서러움을 짊어진 채였다.

고향에선 늘 반장직을 차지하던 그였지만 서울에서는 반장이 되지 못했다. 서울로 보내진 뒤의 일상에 대해, 경묵은 시시콜콜한 이야기를 좀처럼 털어놓지 않는다. 그저 아래로 셋이나 되었던 여동생들로부터의 이야기들만 남아 있을 뿐이다. 예를 들면.

"오빠 서울 가고 우리가 제일 기대했던 게 쌍란이었잖아. 오빠 없으니까 이제 우리도 쌍란 한 번 먹어 보나, 하고. 근데 웬걸! 쌍란을 모았다가 서울로 올려보내더라니까?"

보통의 시골 농가들이 그렇듯 경묵의 집에서도 닭을 키웠는데, 닭들이 낳는 알은 식구에 비하면 턱없이 부족했다. 그렇게 아침마다 생산되는 알의 분배는 다음과 같았다. 일단 제일 큰 거는 아침에 달걀 프라이로 경묵의 아버지에게 올라간다. 쌍란은 따로 모아서 주기적으로 서울의 경묵에게로 올려보낸다. 그나마 경묵이 집에 있을 때는 매일 없어지기라도 했지, 경묵의 세 여동생은 그림의 떡 보듯 오빠 몫의 달걀이 한데 모이는 모습을 매일 지켜봐야 했다. 닭을 제법 많이 쳤으므로 그걸 제하고도 달걀이 아직 남아 있었다. 그렇게 남은 달걀들이 딸들의 몫이 되었냐? 여분의 달걀은 반찬이 되어 과수원에서 일하는 일꾼들의 소중한 단백질원이 되었다. 집에서 머슴을 부리던 만큼의 옛날은 아니고, 집에 오던 일꾼들을 잘 먹이는 것이 국룰인 시대였다. 밥도 따뜻한 고봉밥으로 제일 먼저 일꾼들에게 퍼주었다. 덕분에 이 집 막내딸이 어릴 적 제일 부러워하던 사람이 일꾼이었다고. 당시에는 귀했던 마른 김도, 좋은 품질의 달걀도, 과수원에서 난 것 중 흠집 없는 질 좋은 복숭아도 모두 서울에서 혼자 공부하느라 애쓰는 경묵의 몫으로 보내어졌다. 어린 시절의 경묵이 그것을 어떻게 받아들였는지는 모르겠다. 경묵은 달걀 얘기만 나오면 입을 꾸욱 다물곤 했기 때문이다. 다만 부모님의 기대, 여동생들의 서러움을 갈아 넣은 그의 서울 유학은, 조금 외로웠다고.

어렴풋이 생각나는 내 어린 시절 때는

나는 내 부모님께 항상 여쭤보곤 했었지

나 어디서 어떻게 태어났어라고 문득 물을 때면

내가 말썽을 피울 때면 너 다리 밑에서 주워왔어

이렇게 말씀하곤 했지

지금 난 가끔 어린 시절 그때 시절

생각하며 가끔 웃고는 하지

　홀로 서울에 올라온 경묵은 사춘기 유세를 떨 대상이 부재했다. 그 시기를 지나올 수 있었던 건, 음악 듣는 일을 퍽 좋아했던 덕분이다. 그는 혼자 방에서 이런저런 대중음악을 들으며 시간을 보냈다. 예나 지금이나 음악이란 사춘기 아이들에게 허락된 유일한 마약임에 틀림이 없다. 고등학교에 진학하고서 경묵에게는 특이 사항이 하나 생겼다. 그림에 소질이 있음을 알게 된 것이었다. 미술을 특별히 배운 적이 없는데, 학교에서 미술 선생님에게 받은 약간의 코칭으로도 캔버스 한 장을 제법 그럴듯하게 채워냈던 것이다. 뜻하지 않게 그는 사생대회에서 큰 상을 받았고, 미술 대학이라는 곳에 가고 싶어졌다. '어릴 때부터 영특했던'에서 알 수 있듯이… 그는 자기애가 있는 편이었다. 그 캐릭터에 재능까지 있으니 미대에 가서 자기가 잘하는 것을 실컷 뽐내며 멋지게 살고 싶단 꿈이 생겼다. 그러나 이는 오래지 않아 좌절되는데…

"환쟁이▶나 되라고 기껏 서울 보내 놓은 거 아니다."

옛사람인 경묵 아버지의 눈에 화가란 '환쟁이' 그 이상도, 그 이하도 아니었다. 시대가 바뀌었다고 설득해 볼 만도 했건만 경묵은 포기했다. 그 아버지의 성미가 심히 대단했던 탓이다. 경묵이 어렸을 적부터, 그 아버지는 당신 뜻에 거슬리는 것이 있으면 언제든 상관없이 두꺼비집을 내리고 온 집안을 쥐 죽은 듯 만드는 게 당연했던 사람이었다. 경묵의 어머니는 행간을 따지지 않고 무조건 '늬 아버지한테 얼른 빌어'라고 등을 떠밀었다. 이 집의 형제자매들은 농담 삼아

▶ 화가를 낮잡아 이르는 말.

'우리 집 남매가 손 빨리 비비기는 어디 가서 안 빠진다'고 했을 정도였다.

그렇게 경묵은 인하대학교(당시 인하공전)에 진학했다. 그는 ROTC가 됐다. 군복과 각 잡힌 모자가 자기애 넘쳤던 그의 마음에 쏙 들었다. 장교가 되고 보니 그대로 군대에 남고 싶어졌다. 그러니 이 역시 오래지 않아 좌절되는데…

"언제 다시 전쟁이 벌어질지 모르는데!"

전쟁통을 겪은 세대였던 경묵의 아버지는 휴전 상태인 국가에 언제 아들을 빼앗겨도 이상하지 않다고 생각했다. 이제는 완연한 청년이 된 경묵이 원하는 진로에 대해 조금 더 호소해 보았으나 군대에 아들을 남겨둘 수 없었던 아버지는 어느 때보다 극렬히 반대했다. 군복을 입고 싶다던 꿈도 그렇게 이루어지지 못했다.

그런 그가 처음이자 마지막 부모님의 반대를 무릅쓰고 이뤄낸 것이 있었으니 바로 결혼이었다. 장교 군복에 칼주

름을 세워 다려 입던 그는 천안의 자수 가게를 봐주던 아가씨에게 구애했다. 부모님은 동네 초등학교 교사인 아가씨를 며느릿감으로 점찍었으나, 경묵은 자기가 데리고 온 아가씨의 손을 놓지 않았다. 당시 그가 쓴 연서가 제법 절절했다. 멋들어진 펜글씨로 적힌 손편지들은 꽤 오랫동안 부부의 집에 보관되었다. 둘의 결혼식은 성당에서 혼배성사와 함께 진행되었다.

대기업 건설회사에서 경묵이 과장이 되던 때, IMF가 터졌다. 회사가 부도가 날 거라는 얘기가 TV 뉴스에까지 돌았다. 회사는 희망퇴직 신청 비슷한 것을 받았다. 그는 기업에 몸을 담으며 체득한 것들을 기반으로 야심에 차 회사를 차렸는데, 건설업 시장의 경기는 IMF의 여파와 함께 날이 갈수록 푸석해져 갔다. 가정 분위기는 좋지 않았다. 그때쯤 부부 슬하의 장녀는 중학생, 아들은 초등학교 입학을 앞두고 있었다. 관계는 실상 삐걱거리기 시작한 지 오래였지만, 그들은 꾸역꾸역 '가족'이었다. 어렸을 적 동네 친구와는 주기적으로 부부 동반, 가족 동반 모임이 있었다. 같이 어울려 식사도 하고 노래방에도 가고 여행도 갔다. 그런데 매번 술

너희가 힙합을 아느냐

에 취할 때마다 경묵은 친구들과 싸우게 됐다. 친구들의 아버지들은 대부분 그가 어릴 적 과수원에서 일을 하던 일꾼들이었다. 당시 일꾼이었던 어르신의 아들들은 다들 비교적 안정된 중년을 맞이하고 있었으나, 경묵의 사업은 영 잘 풀리지를 않았다. 술이 들어가고 취기가 오르면 친구들 입에서는 슬슬 그를 긁는 말들이 나왔다. 술에 취한 그는 화를 참지 않았고 언제부턴가 모임에 나가는 것이 여러모로 껄끄러웠다. 부부는 끝내 이 가족의 바닥을 눈으로 보았지만, 그는 그 밑바닥을 인정하려 하지 않았다. 집이 경매에 넘어가고 보금자리를 반지하로 옮겨야 했다. 반지하 방의 보증금을 위해 아내는 받을 수 있는 대출을 최대한으로 당겼고, 큰딸은 손꼽히는 기획사에 전속으로 재계약한 계약금 전액을 쏟아 놓았다. 고등학교 시절 운 좋게 작사가로 일을 시작한 딸은, 대학을 졸업하고 방송사 예능국에 막내 작가로 취업했다. 취업하자마자 때를 노렸다는 듯 자취를 시작한 딸의 원룸에 경묵은 짐을 옮겨주며, 편지지도 아닌 변변찮은 티슈 박스에 볼펜으로 짧은 메모를 남겼다. *윤경아, 언제나 너에게 행운이 함께하기를 빌게.* 자수 가게 아가씨에게 연서를 쓰던 시절의 글씨체만은 변함이 없었다.

　부서진 울타리를 붙잡고 버티고 버티던 그는 환갑이 넘어서야 대출 서류를 정리할 수 있었다. 큰딸이 중학생 때 시작된 파란이었으니 꼬박 20년을 채운 싸움이었다. 그 지긋지긋함에 웃을 수 있는 사람은 가족 중 아무도 없었다. 아들은 어린 나이에 일찍 결혼을 해 제 가정을 꾸렸다. 고등학교를 졸업하고부터 과외와 각종 아르바이트로 악착같이 돈을 벌어 생활비를 보태던 큰딸은 타고난 밝고 명랑함을 유지하려 노력했으나 이따금 20년 묵은 우울감이 터질 때면 온 마음을 끌어안고 불면의 밤을 보냈다. 경묵은 근래에 딸이 쓴 가사들의 내용을 통 모른다. 딸이 쓴 가사에는 종종 '네가 혼자이지 않게 언제나 함께할게'와 같은 이야기들이 담기곤 한다. '아버지'라는 제목이 들어간 노래가 있는 것도 그는 알지 못한다. 그 노래 가사는 딸이 아버지와 함께 맞이하고 싶었던 어른의 모습이 담겨 있다. 뭐, 그래도. 딸의 이름이 실린 첫 CD가 나왔을 때는 앨범 몇 장을 사서 주변 지인들에게 자랑삼아 선물하곤 했었다.

이 세상 내 아버지가 살던 세상

이 세상 내 자식이 살아갈 세상

이 세상 속에서 내가 지금 살아가고 있죠

지나간 세월을 회상하며

지나간 시간은 되돌릴 순 없죠

이렇게 우리들은 후회하며 살아가죠

한 번쯤 우리들은 생각을 하겠죠

서로가 지금껏 걸어온 그 길을 말이죠

이혼하고 오래지 않아 그는 폐암 말기 진단을 받았다. 그는 종종, 죽기 전에는 이렇게 무너진 삶을 어떻게든 회복하겠다고 말했었다. 그 의지가 실로 굉장했는지, 놀랍게도 약 1년여 만에 정상인과 다름없는 면역 수치를 갖게 됐다. 아이러니하게도 이혼 전에 보험 영업에 뛰어든 아내가 억지로 들어놓은 암보험이 있었고, 이를 통해 고가의 항암치료를 덥석 받을 수 있었다. 아내는 암 환자 수발을 들지 않아도 되었고, 그는 비용 걱정 없이 항암치료를 받았으니 어떻게 보면 이 부부는 끝장을 보고서야 서로에게 도움이 된 셈이었다.

그는 이제 몇 년 후면 일흔이 된다. 항암치료가 끝나고 나니 여느 때보다 입맛이 좋다고 한다. 겉으로 보기에도 이혼 전보다 살도 오르고 혈색도 좋아졌다. 얼마 전 딸과의 통화에서 그는 앞으로 30년은 더 살고 싶다고 했다.

"30년은 끄떡없으실 것 같은데? 죽을 고비를 넘기면 오래 산다잖아."

딸은 대답했다. IMF 이후로 그의 사업은 회복할 기미를 보이다가 멈춰서기를 몇 번이나 반복했다. 이따금 딸과 만나거나 통화할 때 그는 딸에게 '요즘 하는 일은 잘 되어 가냐'고 묻는다. 별로 자세하지 않은 대답을 들은 뒤에 그는 딸에게 당신 일의 근황을 꼭 이야기한다. 어느 지역에 공사가 들어간다. 그 공사를 하고 나면 얼마는 남을 것 같다. 대체로 희망적인 이야기들이다. 딸은 그에게 '아빠 요즘 하는 일은 잘 되시고?' 같은 것을 단 한 번도 물은 적이 없는데.

저기 저편

저기 멀리서 들려오는 희망찬 함성 소리

우린 듣죠 우린 알 수가 있죠

저기 저편

저기 멀리서 다가오는 희망찬 밝은 미래

우린 알죠 우린 느낄 수 있죠

이것은 내가 태어나서 가장 오랫동안 함께한 남자의 이
야기. 이를테면, 그의 2D 버전이다. 감정을 녹이지 않고, 별
다른 입체감 없이 평면적으로만, 일어난 사실만으로 나열된
남자 이야기. 아빠는 아직도 어디선가 희망찬 함성 소리를
듣고 있을까? 모두가 지쳐 나가떨어진 가족의 한복판에서
도 아빠는 여전히 우리 가족을 보고 있을까.

가장 최근에 만난 아빠는 을왕리에 다녀왔다고 했다. 너
희들 어렸을 때 같이 가서 바다도 보고 새우구이도 먹고 그
랬던 게, 불현듯 생각났다고. 그 기억이 아빠에겐 아주 오래
된 함성 같은 것은 아닐까. 동생네 부부는 작년에 아들을 낳
았다. 그렇게 할아버지가 된 아빠는 아직 손자를 한 번도 안

아보지 못했다. 직접 이야기하진 않으셨지만, 당신이 제 손으로 뭐라도 더 이루어 놓은 뒤에, 보란 듯이 어깨를 쭉 펴고 손자를 만나고 싶으신 모양이다.

모두 같은 줄에 매달려
춤을 추는 슬픈 삐에로

... **너희가 힙합을 아느냐?** ♥
드렁큰 타이거

|◀ ▶ ▶|

대중음악에 흠뻑 빠져 살았던 나는 왠지 의식적으로 다양한
음악을 들어야 할 것 같은 기분에 휩싸였다. 음악방송은 녹
화까지 떠서 챙겨봤고, 당시 아이돌 위주로 구성되었던 라
디오도 열심히 들었다. 각각 다른 팬덤에 속한 친구를 모아
서로 테이프도 공유해서 듣다 보니 정말 많은 음악을 자연
스레 알게 됐다. 그러다 보니 욕심이 생긴 거다. '나 음악 좀
들어'라고 뽐내고 싶은. 그러나 문제가 있었다. 일단 많이
듣는 건 맞는데, 장르의 불균형, 즉 '가요'라 불리는 장르만

듣는 바람에 굉장히 편향된 취향을 가지고 있었다는 거다. 대중음악에 일명 '빠순이'에 입성하게 한 첫 팀이 신화였던 데다가, 온종일 같은 학교에서 같은 공기로 숨을 쉬던 친구들 역시 대부분이 양산형 아이돌 팬이었다. 개인적으로 양산형 아이돌이라는 단어가 다소 부정적인 어감으로 쓰이는 것이 안타깝다. '양산형'이라 말하는 사람들이 그 팀 하나하나를 최소한의 애정이라도 가지고 주의 깊게 본 적은 있을까. 저마다 굉장히 치열하게 세계관을 만들고, 팀의 색깔을 찾아가고, 좋은 결과물을 만들기 위해 아주 많은 아티스트와 스텝이 머리를 맞댄 결과물인데. 그냥 겉으로 보기에 ① 10, 20대 위주의 동일한 성별인 아이들이 떼로 나온다. ② TV에 나와서 3분 남짓한 무대를 선보이고 들어간다. 이 요건들만 충족되면 얼추 '양산형 아이돌'이라고 뭉뚱그려 이야기하는 것 같아서. 그냥 편안한 마음으로 자기가 가장 잘하는 거, 가장 사랑받았던 것을 극대화해서 나온다고 봐주면 안 되나? 그래야 보는 사람도 편하고 신나지. 아무튼… 그 시절의 아이돌 가수들을 난 너무 좋아했다. 머나먼 골목 어디엔가 있다는 유명한 노포나 로컬 식당을 찾아다니기에는 지금 당장 눈앞의 맛집이 너무나도 '예에에술'이었던 거다. 약 한 시간에서 한 시간 반 사이의 음악프로그램 한 편을 틀면 단 한 팀도 지루할 틈 없는 시간이 이어지곤 했으니까. 그러다가.

음악 같지 않은 음악들 이젠
모두 다 집어치워 버려야 해
우리가 너희들 모두의 귀를
확실하게 바꿔줄게 기다려

…이런 사람들을 만난 거다. 뭔가 내가 좋아하고 꾸준히 먹어 온 맛과는 확연히 다른 그것! 이전에도 가요 시장에 힙합 비슷한 것은 분명히 있었다. 대체로 혼성그룹. 그 그룹엔 요즘 식으로 표현하자면 '명창'이라고 부를 법한 여자 메인 보컬 한 명이 반드시 포함되어 있었다. 그리고 두건, 또는 다소 옹졸해 보이는 선글라스를 쓰고 힙합 바지를 입은 남자 랩퍼 한두 명 필수! 그런데 이러한 혼성그룹의 힙합은 대체로 주재료라기보다는 양념 정도의 느낌이었다. 전형적인

한국가요에 한국형 랩을 한두 줄 곁들인, 그런 것. 실상 나는 흥이 많은 타입으로 가요에 들어가는 수준의 랩은 곧잘 따라 하고, 좋아하고, 그래서 내가 랩에 대한 감이 제법 좋은 편이라고 생각하고 있었는데, 일명 "찐" 힙합을 보니, 이건 뭐랄까. 현지 음식 중에 레벨 높기로 유우명한. 예능에서 단골 소재로 쓸 법한 그런 메뉴가 본식으로 나온 느낌. 어쩐지 진입 문턱이 높아 보였다. 그런 가운데, 아이돌 팬으로서 또 살짝 빈정 상하는 포인트가 있었는데.

아니 왜! 내가 잘 듣고 있는 우리 오빠들 노래가 '음악 같지 않은 음악'이지? 우리 오빠들만큼 인기 있지도 않으면서, 언제 봤다고 초면에 대뜸 우리 오빠들을 까고 보시는지! 우리 오빠들 앨범 백만 장 파는데? 그럼 그 백만 장을 산 대중들은 다 귀가 썩었다는 것임? 몇 년에 걸쳐 좋아하고 들어온 음악들을 통째로 부정당한 빠순이의 심기는 불편하기 그지없었다. 언제나 힘을 내라고 말하고, '행복'과 '빛'을 이야기하는 우리 오빠들의 긍정적인 노래와는 달리 정통 힙합은, 이른바 '디스'의 성격을 강하게 갖고 있었다는 점이 버튼을 누르는 데 한몫했다. 팬들이야 우리 오빠들 노래 이렇게 좋은데! 라고 싸고도는 것이 당연했다. 지금도 마찬가지지만 그때의 힙합퍼들은 유난히 더 거친 느낌이라, 이래저래 힙합과의 첫인상이 좋지 않았다. 힙합 너 이 녀석! 다양한 음악을 향유하는 고오급 리스너가 되기 위해 내가 친히 너를 품어보려 했는데, 굳이 꼭 이런 식으로 세게 나와야 했냐?! 그런데 문제는, 인정하기 싫지만… 들을수록 그 비트가 너무 좋아져 버렸다는 것이다.

부쳐핸섭. 부쳐핸섭.

뭐지 이 느낌은. 분명히 별로 친해지고 싶지 않았는데 어쩐지 자꾸 힙며드는 듯한 느낌. 그 무렵, 딱히 듣는 귀가 대단히 열려 있지도 않았을 거다. 여기서 듣는 귀라 함은 내가 뭐 된다! 뭐 이런 이야기는 아니고. 아무래도 작사가로 일을 하는 과정에서 좋은 곡들을 많이 듣다 보니 음악이나 작곡에 대해서 전문적으로 아는 것은 없지만 어쩐지 느낌적인 느낌 같은 것들은 좀 생겼으니까. 그에 비해 학창 시절에는 차려진 밥상을 받아먹기만 하는 수준이었으니 아무래도 지금보다는 경험치가 낮았을 거다. 그럼에도 불구하고, 그 정통 힙합이라는 장르가 주는 묘한 매력이 있었다. 아, 아닌데. 우리 오빠들 노래가 짱인데!

"어? 너 요새 이런 것도 들어?"

샀다. 결국! 드렁큰 타이거 1집! 가방에 넣고 다니던 게 우연히 친구 참새의 눈에 띄었는데, 어쩐지 그 순간 귀엽게도 '들켰다!'는 기분이 들어버렸다. 나에게는 두 개의 선택지가 있었다.

"아, 아니 이게 내가 산 게 아니고, 어쩌다가 선물 받았는데에… 그게 왜 거기 들어가 있지? 가사지 색이 비슷해서 다른 거랑 헷갈렸나? 진짜 이거 자주 듣고 그런 거 아니거든! 봐봐, 케이스 완전 깨끗하지? 기스 하나도 없어~."

없어 보임을 무릅쓰고 나는 오직 아이돌 외길임을 강조하거나.

"원래 좋아했는데?"

최대한 뭐, 문제 있어? 하는 표정으로 쿨한 척을 하거나. 어떻게 하지? 어떻게 하긴. 애매하게 반응했다가 일 커지느니 이럴 땐 그냥 솔직하게 구는 게 최고다.

"자꾸 들으니까…… 좀 괜찮은 거 같기도 하고……."

이런 나의 솔직함은 의외의 결과를 낳았는데.

"실은 나도…… 이거 사고 싶어."

은근하게 힙며들어 가고 있었던 것은 나뿐만이 아니었다. 인터넷과 SNS가 덜 발달했을 때의 덕질이란 지금보다 꽤 과격했기에 무언가를, 또는 누군가를 '좋아한다!'고 말하려면 지금보다는 조금 더 노력이 필요했다. 이를테면 잡지나 음반 한 장을 사려고 해도 반드시 매장에 직접 가서 손으로 그 물건을 집어서, 카드보다는 대체로 현금을 내고!

(휴대용 플레이어가 없다면) 집까지 가지고 와서 언박싱을 해야! 그 앨범을 들을 수 있었으니까. 오, 생각해 보니 꽤 낭만적인 시절이었던 듯하다. 사고 싶은 것을 사기로 한 날 아침부터, 집에 돌아오는 시간까지 계속 그 물건에 대해서 두근거릴 수밖에 없는 프로세스. 하여튼. 그 시절의 우리는 그런 '노오력'을 하지 않으면서 어떤 가수를, 음악을 '좋아한다'고 해도 될까?에 대한 나름의 순정 같은 것이 있었던 모양이다. 적어도 나 힙합 좋아해!라고 말하려면 지금처럼 동영상 사이트 검색해서 바로 듣고 보고, 바로 온라인 몰에서 터치 몇 번으로 내 것으로 할 수 있는 지금보다는, 뭔가 더 눈에 보이는 액션을 취해야 한다고. 그렇게 생각했던 것 같다. 그날 나는 참새랑 같이 동네의 레코드점을 갔고, 앨범을 사고, 같이 분식을 먹으러 갔다. 안양 일대에서 학창 시절을 보낸 학생이라면 응당 한 번쯤 거쳤을 안양일번가의 '모이세 분식'에서. 일반적인 분식 메뉴인 떡볶이, 김밥에서부터 돈가스까지. 기억에 아마도 전 메뉴가 3천 원이었던 그곳에서는, 여럿이 모여 각자 지갑에 있는 돈을 조금씩만 걷어도 제법 훌륭한 한 끼 식사가 가능했다. (설마 그래서 상호가 '모

이세'인가! 검색해 보니 아직도 건재하다. 되게 넓은 매장으로 기억에 남아 있는데 블로그 후기에 올라 온 사진으로 보니까 출입구가 저렇게 작았었나 싶다.) 제법 귀여운 샤이 힙합 2인조였다. 김밥, 떡볶이, 우동까지 메뉴를 세 개나 시켜놓고 우리는 아이돌 가수가 아닌 '힙합'에 대해서 이야기하고 있었다. 이를테면 좋아하는 가사가 어느 부분인가 하는 것에 대해.

"나는 거기 좋아. 하나같이 꼭두각시 모두 같은 줄에 매달려서 춤을 추는 슬픈 삐에로."
"이대로 그냥 갈 순 없어 슬픈 미래로."
"또 거기도 있잖아, 나는 랩퍼, 랩퍼, 내가 지금까지 살아오고 살아왔던 얘기들을 나는 랩으로."
"너희들에게 얘기하려 해, 이젠 날 지켜주는 건 진정한 힙합의 무대."

어설프게 리듬을 타며 한 마디씩 주고받다 보니 수줍음 한 스푼 섞인 웃음이 터졌다. 서서히 흥이 올라 견딜 수 없게 되었던 참새와 나는 분식으로 배를 채우고 각자 집으로 돌아가려던 계획을 전면 수정해 노래방으로 2차를 갔다. 그날의 노래방은 정말로 굉장했다. 대체로 우리 오빠들의 가장 최근 활동곡으로 시작한 후, **최근 오빠들 활동곡 ▶이전 활동곡 ▶ 최애 오빠들은 아니지만 그래도 꾸준하게 좋아하는 오빠·언니들의 주요 활동곡 ▶ 우리 오빠들 수록곡**(애착 있음) 순서로 마무리하는 것이 노래방 루틴이었다. 그러나 이날은 일단 힙합 정신을 불태우는 마음에서 촉발됐기 때문에, 조금 달랐다. 마치 음악프로그램 한 편을 보는 것처럼, 각종 장르가 한데 어우러진 풍성하고도 꽉 찬 2시간을 채우고 나서야 우리는 각자 집으로 돌아갔다.

그렇게 각자의 주말을 보내고 월요일에 학교에서 다시 만났을 때. 참새와 나는 뭔가 둘만의 새로운 비밀이라도 공유한 듯한 기분으로 서로를 바라보았다. 참새는 주말 내내 드렁큰 타이거의 음악을 들었다고 했다. 힙합의 기본이라는, 저항 정신이 뿜뿜 올라와서 누구하고도 싸울 수 있을 것 같다고 말하는 참새(실제로 참새처럼 작고 오목조목한 그녀의 비주얼 때문에 가칭하는 것이다.)가 꽤 귀여웠다. 그리고 참새의 저항 정신을 바로 볼 수 있는 사건이 그날 점심 시간에 일어났다.

당시 급식은 참 신기한 것이, 주재료들은 매일 바뀌는 것 같은데 신기할 정도로 모든 메뉴가 비슷한 맛을 냈다. 그런데 그중에서도 특별히 더 맛이 없었던 것이 맑은 소고기 뭇국. 완벽히 어른 입맛이 된 지금에야 없어서 못 먹지만, 그때만 해도 이걸 대체 왜 먹나 싶었다. 식판을 들고 줄을 서 있는 애들의 표정 역시 대체로 비슷했다. 아. 내일은 맛있는 거 나왔으면 좋겠다. 나도 비슷한 생각을 하며 멍을 때리고 있던 그때, 내 뒤에 줄을 서 있던 참새가 갑자기 귓가로 훅 찾아 들어왔다. 그러더니.

주는 대로 받아먹는 건
이쯤에서 그만두어야 해

갑자기 내 뒤에 찰진 힙합 비트를 '소근소근' 때려넣는 것이었다. 까르르대며 둘이서 팔짱 끼고 매점으로 달려가던 그날의 장면. 힙합은, 생각보다 어둡지도, 우울하지도 않았다.

쉬지 않고 뛰는 내 심장이

Hot 뜨거
원타임

지금이야 전용 앱도 있고, 멤버들이 개인 SNS도 하고 그러니까 비활동기에도 상대적으로 나의 아이돌과 소통의 끈이 이어져 있는 느낌이지만 그때는 그런 것이 없었다. 대체로 일 년에 한 번이나 두 번 정도 앨범이 나왔으니까 공백이 길수밖에. 대신 그때는 무조건 앨범이 '정규'로 나왔기 때문에 앨범 하나에 꽤 많은 신곡이 들어 있었다. 게다가 지금처럼 활동곡만 하고 들어가는 것이 아니라, 후속곡으로 이어서 활동하고 반응이 좋으면 수록곡 하나를 더 하기도 했다. 지금은 웬만큼 인지도 있는 아티스트 기준 한 곡의 활동기간이 대체로 3주 정도인 것 같은데 (왜죠! 3주 차면 팬들 한창 물올라 있는 시기 아닌가!) 그때는 가요톱텐 5주, 6주 연속 1위가 그렇게 엄청난 일도 아니었다. 그렇게 찌이인 하게 오빠들의 활동 기간이 끝나고 나면 그 이후로는 거의 동면 기간. 다음 앨범을 무한 기다릴 수밖에 없다. 그 시절의 빠순이들은 한 번 사랑에 빠졌으면 비활동기 정도는 굳건히 견딜 수 있어야 했다. 탈덕하면 죽음뿐. 오빠들을 지지하는 피의 연합. 그런 모드였다.

그때 당시 우리에게 순정의 덕질은 별로 어려운 일이 아니었다. 아마도 학교에 갔으니까 가능했던 것 같다. 학교에 가면 수업 시간 제외하고는 친구들과 와글와글 몰려다니며 아이돌 이야기를 할 수 있으니까. 덕질이란 혼자 진득하게 하는 맛도 있지만, 자고로 같이 몰려다니며 내 최애 이야기를 공유하는 맛이 더욱 좋은 법. 꼭 같은 팬덤이 아니더라도 '팬덤'에 속해 있는 누구와도 충분히 대화가 가능했다.

오타쿠란⋯ 그런 것이다. 본능적으로 영업을 하게 되어 있다. 굳이 내가 이 팬덤을 키워서 내 아이돌에게 도움이 되어야지! 같은 마음으로 하는 게 아니다. 마치 맛집 정보 공유하듯 자연스럽게, 홍익인간의 마음으로 나만 알 수 없다는 듯이. 그런 마음으로 하는 것이 바로 최애 영업이다. 작사가로 일을 하며 K-POP에 몸을 담고 있다 보니 자연스레 이 나이에도 최애 아이돌, 최애 오브 최애를 굳건하게 보유하고 있는데, 이런 식으로 나도 모르는 사이에 내가 '영업'이라는 것을 하고 있었다.

"내가 작업을 했던 팀인데. 진짜 잘생기고 잘해서 그래. 제발 이거 한 번만 봐줘."
"야. 내가 나이가 몇인데."
"진짜. 이 말티즈 네가 너무 좋아하는 얼굴이라서 그래."

하면서 병아리(앞에서 언급되었던, 구 클럽 H.O.T.)에게 직캠을 떠먹였다. 그다음엔 은근하게 직캠 '소매넣기'. 나도 내 최애에 무척이나 진심이지만 그녀는 지금 진심보다 더 진심 상태가 되어 있다. 적지 않은 나이의 여자 둘이 모여 앉아 특정 아이돌 짤이나 트위터에서 본 짤로 서너 시간을 너끈히 떠들 수 있다니. 확실히 덕질은 한 번도 안 해본 사람은 있어도 한 번만 해본 사람은 없구나…. 아이고. 잠시 딴 길로 샜는데. 그러니까 이것은 대학 시절 나의 망한 영업 이야기이다.

"원타임?"

분명히… 처음은 신화였던 거 같은데? 정신 차려 보니 대학 동기 펭귄(태지 매니아, 남의 일에 관심 없을 無)에게 어느새 '원타임' 영업을 당하고 있었다. 대학교에 갓 입학한 신입생 때 나는 헤르미온느▶까지는 아니더라도 들을 수 있을 만큼은 최대한 채워들어 학비 뽕을 뽑고 싶었다. 대학생이라는 신분이 주는 설렘에 취해 주5일 학교에 가는 것도 딱히 싫지 않았고, 그 짓을 무려 2학년 때까지 했다. (다행히 정신 차렸고 4학년 때는 주3일 파로 거듭났다.)

> ▶ 《해리 포터》 시리즈의 등장인물. 우수한 성적으로 호그와트 마법학교 내에서 유명. 불타는 학구열로 불가능한 시간표를 짜고, 마법을 통해 이를 소화해 내는 기염을 토한 인물.

주5일 시간표 덕분에 중간에 공강이 많았는데, 그 공강 시간에 벌어진 일이었다. 남의 일에 통 무심하고 웬만한 일에는 타격감도 딱히 받지 않던 펭귄이 신화에 대해 물어봤던 것. 혹시 이 친구가 신화 입덕이라도 하려나? 반가웠던 나는 그 시간에 미리 해두려던 자료조사도 미뤄 놓은 채 펭귄과 마주 앉았다. '신화' is 좋은 것. '좋은 것' is 함께하면 더 좋은 것이니! 잠시 가요계에서 한 발 떨어져 있었던 태지 매니아가 다시 대중음악 러버가 될 수 있다면 기꺼이 잡담을 빙자한 영업을 할 수 있었다. 당시 기준으로 오빠들의 비교적 최근 앨범이었던 〈너의 결혼식〉에 대해서 이야기를 하고 있었는데 정신을 차려 보니, 응? 원타임?

"원타임이 참 그렇다? 힙합신에서는 아이돌 주제에 힙합 흉내낸다고 하고. 근데 우리 힙합 뮤지션 맞거든. 그냥 보기에도 아이돌이라기엔 뭔가 좀 더 느낌이 세잖아."
"뭐… 좀 그렇지…?"

사실 그때까지만 해도 '원타임'이라고 하면 그냥 힙합을 주로 하는 회사에서 론칭한 팀 정도. 딱 그 정도로만 내 머릿속에 자리 잡고 있었지, 딱히 생각해 보지는 않았다. 고등학생 때보다는 조금 더 자랐고, 대학생이 되니 아르바이트도 하고 생활 패턴이 조금 바뀌며 교복 입던 때만큼 친구들과 온종일 어울리지는 못했다. 자연스레 덕질 토크를 할 시간도 많이 줄어들었다. 해서, 펭귄과 함께 신화 이야기를 할 수 있으면 좋겠다고 생각했었는데 어쩐지 역으로 내가 말려들고 있었다. 그리고 본격 영업의 서막이라고 할 수 있는 멘트가 나와버렸다.

"너는 이 중에서 누가 제일 잘생긴 것 같아?"

누가 제일 잘생긴 것 같아?… 누가 제일 잘생긴 것 같아?… 누가 제일 잘생긴 것 같아?….

이 질문을 받아버리는 순간, 대다수의 빠순이들은 홀린 듯이 나의 '누구'를 찾기 시작하게 된다는 걸 그때 펭귄은 알고 있었을까. 펭귄이 보여준 원타임 멤버들 사진을 보며 나는 세상 진지하게 빠져들었다. 그래, 어디 보자, 이 중에

'누가' 누구인가아! 오, 이 오빠는 뭔가 머글▶몰이 할 거 같은 상이고. 이 오빠는 귀여움을 담당하고 있나? 이쪽은? 아~ 이 오빠가 메보▶▶구나. 신기하게도 그 시절 메보 오빠들은 대체로 뭔가 약간 선이 여리여리하고 머리가 살짝 긴 듯만 듯했다. 그러고 보니 지금도 좀 그런 것 같고. 메보의 관상이 따로 있나? 이 오빠는 남자답게 생긴 걸 보니 아마도 리더? 그러고 보니 한 아이돌 팀이 완성된다는 것은 한 편의 잘 짜인 시트콤이 나오는 것 같다. 각자 생김새와 캐릭터가 분명한 멤버들이 그들만의 관계성을 형성하고. 그 안에서 케미가 발생하면서 비슷한 취향을 가지고 있는 팬들을 끌어당기는. 그래서 이른바 머글들 눈에는 보이지 않는 것이 그 관계성을 사랑하는 팬들의 눈에는 너무나 선명히 보여서 개꿀잼이 될 수밖에 없는! 누가 우리 애 보고 노잼이래? 나한텐 개그맨이거드은?! 하고 생각하고 만다. 누가 제일 잘생긴 것 같냐는 펭귄의 물음에 답하기 위해 짧은 순간 최대의

▶ 《해리 포터》에서 파생된 말. 작품 내에서 마법사가 아닌 평범한 이들을 지칭했으나, 팬덤 문화에서는 팬이 아닌 사람을 지칭하는 말로 변주됨.

▶▶ 메인 보컬 역할을 담당하는 멤버를 부르는 말.

집중력을 발휘해서 나의 '누구'를 고르고 있었다. 이것은 아직 마감일이 사나흘 남아 있는 과제보다 훨씬 중차대한 일이다. 정말 이끌리듯이 원타임 안에서 한 오빠를 향해 손을 뻗었다.

그렇게 끝이었다. 그날 집에 가면서부터 휴대폰으로 원타임을 검색했다. 아, 뭔가 요즘의 MZ세대 팬들이 그 시절 콘셉트라며 만든 밈을 보니까. 그 무렵의 컴퓨터나 휴대폰이 되게 더 더 옛날의 방식인 줄 아는 것 같던데… 그거 아니다. 그때 PC 화면 파란색 아니었고 무려 컬러 휴대폰에 인터넷도 연결되던 시절이다! 물론 전철 같은 데서 좀 안 터지긴 했다. 그렇지만 정말 그렇게까지 석기 시대는 아닌걸. 아마 청동기… 정도? 집에 가는 전철에서는 보통 추리소설 같은 걸 읽곤 했는데 이날은 원타임의 음악을 듣느라 책을 읽지 못했다. 그냥 이 중에서 가장 내 타입의 얼굴 고르기! 정도에서 끝났더라면 제대로 꽂히지는 않았을 텐데 노래가 좋았고, 무대를 채우는 그 팀의 기운이 좋았다. 제목 그대로 HOT 뜨거운 타입. 그간 대기업에서 만들어 오던 것과는 확실히 다른 자유로움이 있었다. 칼군무와 SMP로 가득 차 있던 방에 새로운 조명 하나를 더하는 것 같은. 분명 보이지 않던 색의 침입임에도 불구하고, 기존에 있던 빛들과 자연스레 어우러져 그 교집합 사이에 새로운 색이 자리 잡는 것처럼. 정교하게 다듬어 낸 세공된 보석 같은 느낌도 정말 좋았지만(지금도 미치도록 좋아한다). 원타임은 뭔가, 기교가 없는데 있고. 있는데 없고, 안무가 있는데 없고, 없는데 있고. 그런데 또 본토의 힙합보다는 조금 더 대중화되어 있는 느낌! 힙합 초심자들이 부담 없이 노크해 보기 좋은 느낌이었다.

아이돌 곡 위주의 작업을 많이 하고 있고, 팀마다 랩 포지션을 맡은 멤버가 있으므로 자연스레 랩 가사를 쓰기도 한다. 대부분은 내가 데모를 듣고 데모에 가창되어 있는 랩의 분위기나 톤에 따라서 랩 가사까지 적다가, 랩 파트의 공이 넘어가는 경우도 있다. 보통 이런 경우는 두 가지로 세분화된다. 팀의 랩퍼인 멤버가 랩 가사를 쓰거나. 아니면 아예 언더그라운드 랩퍼가 섭외되어 그가 가사를 쓰고 녹음까지 한 번에 하거나. 어떤 경우에 속하든 나중에 앨범이 나왔을 때 보는 재미는 있다. 때때로 '랩 가사는 어떻게 쓰나요?' 같

너희가 힙합을 아느냐

은 질문을 받을 때가 있는데, 다소 대답하기가 애매한 것이… '어떻게' 가 없는데? 하는 생각이 불현듯 들기 때문이다. 그냥 쓰면 되는 거 아닌가? 하고 생각해 왔는데. 그리고 랩 가사를 쓰는 일에 대해 일단 '그냥'이라는 마음으로 접근하게 된 것은, 아마도 대학 시절 쭈욱 들어왔던 원타임의 음악 덕분이 아닐까 생각한다. 물론 나는 직업 작사가이고, 내 노래를 만드는 것이 아니라 이미 가창자가 정해진 노래의 랩 가사를 써야 하기에 데모에 붙은 랩의 운율로부터 자유로울 수 없다. 대체로 가이드 녹음된 랩의 글자 수를 따르고, 그 안에서 발음을 디자인하고, 라임을 꾸려 붙이는 식으로 작업이 진행되니까. 아무래도 자기가 뱉을 랩을 쓰는 전문 랩퍼들과는 시작점이 다르니 분명 차이 나는 부분이 있겠지. 하지만 데모가 주는 느낌적인 느낌을 잘 살려주는 것도 나름의 의미가 있다고 생각하기 때문에! 지금의 내가 쓰는 랩이 흉내만 낸 랩이라고 후려치고 싶지는 않다.

대학 시절 원타임의 노래를 수없이 듣고, 그 노래들 안에서 살아 움직이는 라임과 플로우를 즐기며 따라 불렀다. 때로 **핫 뜨거 뜨거 핫 뜨거 뜨거 핫 핫**처럼 뭔가 한글로 이루어져 있으면서, 감칠맛으로 입에 착! 붙으면서. 한 번만 들어도 귀에 쏙 박혀서 노래 전체는 아니라도 이 한 줄만은 기억에 남는! 랩을 쓰다 보면 이와 같은 포인트가 정말 간절히 필요한 순간이 있는데, 이때도 옛날 원타임의 노래를 찾아보곤 한다. 아주 옛날에 발매되었던 곡임에도 불구하고 지금 보아도 촌스럽지 않은 가사들을 어렵지 않게 찾아볼 수 있다. 원타임 이전에도 힙합 장르를 표방하는 가수들은 많았다. 그럼에도 불구하고 나는 여전히 힙합 장르에서 가장 의미 있게 기억하는 가수로 원타임을 꼽는다. 90년대 중후반부터 2000년대 초 가요계는 1세대 아이돌의 어마어마한 화력과 함께 아이돌 편향적인 시장으로 굳어지고 있었다. 아이돌이 아닌 가수는 가요계 진입부터가 쉽지 않았던 그 시절, 아이돌과 비슷한 포지션을 취하면서 힙합의 정체성만은 잃지 않았던 그룹. 그리하여 아이돌 위주의 시장을 보란 듯이 핫! 뜨겁게 달궈낸 역사를, 원타임은 가지고 있으니까. 그 시절 대중 힙합의 최전선에 있었던 팀은 다름 아닌 원타임이었다고, 나는 그렇게 기억하고 있다.

너희가 힙합을 아느냐

Hot 뜨거 뜨거 Hot 뜨거 뜨거 Hot

쉬지 않고 뛰는 내 심장이

Hot 뜨거 뜨거 Hot 뜨거 뜨거 Hot

불타오르는 나의 젊음이

Hot 뜨거 뜨거 Hot 뜨거 뜨거 Hot

여기 내 손에 쥐고 있는 MIC

Hot 뜨거 뜨거 Hot 뜨거 뜨거 Hot

자꾸 까불어대는 너희 너희

I'm a knock out 조심해 니 머리 머리

아주 뜨거운 화산이 폭발하듯이

나 열 받으면 아주 Dirty Dirty

난 낮잠을 자고 있는 온순한 사자

코털을 건드리는 자가 너무 많아

한국 남자 우리 성질은

Hot 뜨거 뜨거 Hot 뜨거 뜨거 Hot

그래도 아름다운 그대와 사랑이

이 겨울에
디바

개인적으로 '센 언니'를 썩 좋아하지 않는다. 정확히는 그 말이 지칭하는 대상이 별로라기보다 그 말의 뉘앙스가 별로다. 그도 그럴 것이 얼추 어떠어떠한 특징이 있을 거라는, '센 언니' 조건을 하나씩 뜯어보면 '이게 세다고?' 하는 생각이 들기 때문이다. 이를테면 자기 할 말을 딱 부러지게 한다든지. 감정 표현에 솔직하다든지. 기분을 드러내는 일에 주저함이 없다든지 식의. 이게 왜? 하는 생각이 들곤 한다. 지금의 사회 분위기가 개인의 감정을 둥글게 만들어 표현해야 한다고 특히 강조하는 것일 뿐, 자기 생각을 있는 그대로 드러내는 게 특별히 센 건가? 예능에서 멋있게 활약하고 있는 일명 '센 언니'들의 솔직함과 당당함은 때때로 희화화되는 것처럼 보일 때도 있다. 예능이 워낙 '캐릭터 싸움'이다 보니, 직관적인 특징을 부여해 주려는 건 알겠는데, 그림 전체에서 그녀들의 쓰임을 보고 있자면 어쩔 수 없이 안타까워지고 마는 것이다. 아마도 내가 사회 속에서 선뜻 취하지 못하는 액션에 대한 애틋함일지도……. 그중에서도 디바는, 그 시절 우리가 진심으로 사랑했던 센 언니들이었다. 자고로 걸그룹은 요정~ 요정~ 청순~ 청순~이 한창이던 시기에, 디바의 캐릭터는 꽤나 독보적이었다. 멤버 전원이 일진 출신이라는 소문도, 압구정동에서 패싸움을 했다는 풍문도 있었다. 심지어 중간에 멤버 교체가 있었는데, 새로 들어 온 막내 역시 보통 아니라는 말이 바로 나왔다. 디바 언니들은 그런 '카더라'를 굳이 해명하거나 부인하지 않았다. 그냥 꾸준하게 자기들의 음악을 계속했을 뿐….

20대 초반, 예능 작가로 나름 꽤 긴 시간 방송국에서 경력을 쌓았다. 그 때문인지 예능을 볼 때 웬만한 요소들은 다 설정처럼 보이는 부작용이 생겼다. 관찰예능의 포맷을 가지고 있지만 저런 무리수, 짜놓은 듯한 기승전결! 절대 저것이 리얼일 리 없었다. 적어도 작가들이 디렉션은 줬겠지. 비록 계속 다른 쪽으로 경력이 이어지는 바람에 쇼·오락 예능은 근처에도 못 가봤지만, 나에게는 현장에서 일하고 있는 다수의 아카데미 동기들이 있으니까. 그래서 문득 궁금해지는 거다. 짱 센 이미지로 소비되었던 그 시절 디바 언니들은 정말 소문대로 무서운 언니들이었는지. 캐릭터 전쟁일 수밖에 없는 예능 판에서 자리를 잡기 위해 타의로 부여받은 캐릭터는 아니었는지. 실제로는 막 누구보다도 마음이 여리다든가. 풀 한 포기도 못 꺾는 사람들이었던 건 아닐까! 그런 생각들을 떨칠 수 없다. 물론 거침없이 말하는 성격일 수도 있었겠지. 하지만 약간은 무례한 화법을 특기로 삼는 예능인들의 독함에 비하면 (이 또한 설정일 수도 있지만) 아무것도 아니었을 텐데. 하여튼, 디바는 대중이 좋아하는 '걸그룹' 코드에 맞추기 위해 요정 코스프레를 구태여 선택하는 사람들이 아니었다. 때론 신나게, 때론 에너제틱하게 걸스힙합 외길을 걸었던 그룹이었다. 멤버 모두가 여성으로 이루어져 있으면서, 전원이 랩과 보컬 모두가 가능했던 팀은 아마도 우리나라 걸그룹 역사상 디바가 유일하지 않았을까.〈왜 불러〉,〈Up&Down〉 등 돌이켜 보면 나름 후크송과도 가까웠던 히트곡들이 있지만,〈이 겨울에〉는 그들의 노래 중에서도 꽤나 서정적인 톤앤매너를 가진 곡이었다.

　그 시절 가요 가사들에만 있는, 재미있는 지점에 대해서 하나 덧붙여 보자면, '말이 많'다. 가사를 써온 사람 입장에서 작업물의 흐름을 쭉 훑어보면, 90년대까지만 해도 가사에 말이 정말 많았다. 2000년대로 들어서면서 급격하게 유행했던 '후크송' 덕분에, 일명 작사가들끼리의 용어로 치자면 '야마'▶가 확실한 곡들이 쏟아져 나왔다. 훅 부분이 확실하게 각인되는 것이 마치 이 곡의 최종 목표인 양 달려가는 흐름이 주를 이뤘던 것으로 기억한다. 그 다음에는 후크송에서 조금 더 진화한 느낌으로, 후크송은 맞는데 그 앞에 벌

▶　방송 현장에서 쓰이는 일본식 속어로, 프로그램이나 콘텐츠에서 가장 중요한 부분, 핵심 부분을 의미한다.

스나 프리코러스가 더욱 미니멀한. 그리하여 한 줄에 열 글자를 넘어가지 않는 짧은 프레임을 가진 곡들이 이른 바 '트렌디'한 것으로 자리를 잡았다.

이 흐름이 꽤 오래 유지되었던 것 같은데… 2020년대인 요즘, 어느 순간 다시 '말이 많은' 구성으로 회귀하는 듯한 흐름이다! 유행은 패션뿐 아니라 음악에서도 돌고 도는 듯도 하고. 그런데 이제 옛날의 '말 많은' 노래와는 살짝 다른 느낌인 게, 옛날 노래들은 그래도 A(VERSE), B(PRE-CHORUS), C(CHORUS), A′, B′, C, D, C 이런 식의 송 폼을 기본으로 가지고 가고 있었고, A는 A파트답게, B는 B 답게, C는 C답게 곡 자체의 기승전결이 안정적이어서 가사를 따라 가기가 쉬웠다. 그런데 요즘의 '말 많은' 곡들은 (특정 노래를 콕 집어 언급하진 않겠다.) A, C, D, F, C, D, F, C, C 이런 느낌?! 기본 세 개 이상의 곡에서 가장 '야마'가 되는 파트들만 모아서 한 곡으로 믹스해 놓은 것 같은 느낌. 작사가 입장에서는 '와. 이게 뭐지? 이 곡 대체 정체가 뭐지?' 하게 된다. 곡의 처음부터 끝까지 강! 강! 강! 강! 강! 어휴, 잠시만요… 조금만 흥분을 가라앉히시고. 어차피 아이돌 노래는 멤버들이 n분의 1만 하면 되니 가창에 문제가 없다고 생각해서인지, 어떤 파트가 각인될지 모르니 꽃다발처럼 일단 모아서 던지는 것인지는 알 수 없으나, 이런 곡은 가사 쓰기가 되게 힘들다. 말이 들어갈 자리는 많은데 어디에 집중해서 힘을 빡! 실어줘야 할지 애매하다고나 할까. 그래서 가사 제출하기 전날 밤이면, SNS 계정에 팔로우한 작사가 칭구들의 스토리가 많이 올라와 있는 편이다. (쉽게 말해 다들 밤을 새고 있다는 것이다. 대체로 키우고 있는 반려동물의 사진이나 근래에 먹었던 음식 사진들이 많이 올라온다. 한국인의 유구한 스몰토크 주제들이랄까.)

　[어쩔ㅠ 하트 배 까고 있는 거 너무 귀여운 거 아닌가요ㅠ]
　[흐앙ㅠㅠ 숲 털 많이 자랐네ㅠㅠㅠ 이모가 사랑해!!]

　위와 같은 메시지로 서로의 컨디션을 확인한 후 조심스레 지금 작업 중인 곡에 대해서 이야기하다 보면, 대체로 끼리끼리 다 비슷한 상태다.

[아니이… 지금 8줄 썼는데 고작 16초 지난 거 실화냐고요…]

[작가님 저 이제 더 이상 쓸 말이 없는데 아직 2절 못 들어갔어요ㅠㅠ]

그럼에도 불구하고, 곡은 어떻게든 나온다. 이 난관을 이겨내는 작사가가 결국 어딘가에 한 명쯤은 있더라. 몇 해의 시간이 더 지나고 나면 지금의 이 어려운 곡 구성이, 유행하는 곡 구성의 기본값으로 여겨질지도 모르겠다. 하지만 내가 옛날 사람이라 그런가. 오랫동안 이 일을 해오면서 나도 어쩔 수 없는 '꼰대'가 되어버린 건지. 듣는 사람으로 하여금 적어도 한 곡 안에서 '가사결(물결, 바람결 같은 것)'이 느껴지게 써야 한다고 생각한다. 90년대의 '말 많은' 곡들처럼. 그때의 곡들은 글자 수가 많아도 모든 글자가 한 편의 짜임새 있는 '이야기'로 기능했다. 디바의 〈이 겨울에〉는 이런 지점이 잘 보이는 곡 중 하나다.

For my honey My dear honey
이 겨울에 깊은 밤 슬픈 밤

그대 없는 외로운 밤 지켜

나를 지켜주던 그대 없는 이 밤

밤에 눈이 내려 하얀 세상 돼버린 밤

내 맘 슬픈 상처로 굳어버린 맘 맘

그때 떠난 그댈 느껴 잊지 못해 난 슬피 울어

흰 눈이 내려 눈물에 씻겨 얼굴에 눈이 내려

괜찮아 그래도 나는 괜찮아

그대 있어주던 그때만큼은 아름다워서 괜찮아

기억 나 김이 모락 나는 연탄을 굴려

눈사람 만들어 멋있게 나는,

그대를 이쁘게 그대는 나를

눈이 녹아 우는 건지

떠날 그대가 안타까워 슬피 우는 건지

우리 하늘 바라보며 계속 누워 있었어 잘 있니 honey

그곳에선 아프지 마 두 번 죽지 마

12월에 울려 퍼지는 노래 소리

그대와 사랑의 노래 나 언제나 행복했어

우리만큼은 너무나 따뜻했어

우리들 그 누구 어떤 그 무엇도 깨뜨릴 수 없어

너에 대한 사랑의 믿음 나 확신했어

우리는 영원히 사랑합니다

세상에 약속할 만큼 그리고

갑자기 알 수 없이 그대에게 이끌려가

그대와 함께 보낸 하루의 시간

그대가 준비한 날 위한 선물

선택된 오늘 이별 어떻게 이별이 선물

말도 안 돼 너무 힘들어

그대에게 빌어도 예고된 이별

울다 지쳐서 깨버렸을 땐 그대 없는 나 세상엔 혼자

이 미친 그대 없는 세상에 빛이

내겐 소용없는데 막막한 세상을

그대가 있기에 살아왔을 뿐

난 그저 그대 사랑했을 뿐

그대가 나 대신 잘해주었는데

어떻게 살아 갑자기 가면 내가 어떻게 살아

다시 와 내게로 돌아와 여기 그대로 있을게

뭐길래 날 버린 대가가 뭐길래 도대체 날 떠나

놀랍게도… 곡의 코러스가 단 한 줄도 안 들어간 가사의 양이다. 이 커플이 얼마나 서로 사랑했고, 지금 물리적으로 어떤 상태고, 그리하여 어떤 감정에 속해 있는지. 이 모든 내용을 마치 어느 연인의 연대기처럼 따라가며 듣게 되는 가사다. 그리고 이 많은 양의 이야기를 담아내기에 '힙합'과 '랩'이라는 장르는 꽤나 좋은 그릇이었다. 힙합의 눈으로 자세히 보면 라임 같은 것들이 되게 디테일하고 정교하게 짜여 있지는 않은 것 같은데, 또 그게 한편으론 90년대 '토종', 혹은 '가요' 힙합의 레트로한 매력이 아닐까 싶다. 본토 힙합처럼 영어 냄새가 물씬 풍기지는 않더라도, 무슨 말을 하고 있는지, 그 전달력만큼은 강력하고 확실했으니. 아직

'랩'이라는 것이 익숙지 않던, '김삿갓삿갓' 하며 랩이 대중에게 알려지기 시작하던 시기임을 고려할 때, 디바는 대단한 존재였다. 꾸준하게 힙합 외길을 걸었고, 그 주체는 여성 멤버들로만 이루어진 팀이었으며, 대중적인 인기를 끌고, 그 시절 여학생들이 노래방에 가서 따라 부르는 상위랭크 차트에 있었다는 것. 그것만으로도 디바는 크나큰 의미를 가진 그룹이 아니었을까.

그리고 모두가 알고 있는 코러스 파트(일명 싸비…)는 더욱 아름답다.

그래도 아름다운 그대와 사랑이
영원할 것만 같던 그대와 사랑이
얼마나 기다리면 내게로 올는지
I want you back to me

I want you want you
처음에서 마지막까지 나 사랑했어

I want you want you

커플 아름다운 커플 더 영원해야 했어

I want you want you

네가 원했던 만큼 난 다 주지 못했어

I want you want you

커플 아름다운 커플 더 영원해야 했어

친구들과 함께 노래방에 가면… 앞에 나온 기나긴 랩 가사까지 전부 꿰고 있지는 못하더라도 우리는 금세 센 언니가 될 수 있었다. 너도 나도 기억하는 이 코러스 파트만은, 누구 하나가 선창을 하면 당연하다는 듯이 당당하게 모두가 함께 떼창으로 받아줄 수 있었으니까. 이 모든 게 가능할 만큼, 90년대의 걸스힙합은 충분히 세고 당돌했으니까…….

오감 따위는 초월해 버린 기적의 땅

몽환의 숲
키네틱 플로우

◄◄ ► ►►

2000년대 초반으로 어림잡을 수 있는 추억의 싸이월드. 이 플랫폼을 대표하는 BGM이 몇 곡 있다. 토요일 고정 예능의 '도토리 페스티벌'에 등장했던 노래들도 그렇고, 그때 당시엔 J-POP도 잠시 유행하던 시기라, '엠플로m-flo'나 '나카시마 미카' 같은 가수들의 대표곡도 많이 올라오곤 했었다. 당시 '음악 갬성'을 집약해 놓은 공간이 바로 싸이월드 BGM 아니었을까.

그렇게 사랑받았던 많은 노래 중에 〈몽환의 숲〉을 이야기하고 싶은 이유는, 그 시절 가장 인기 있었던 '싱잉 랩 Singing Rap'을 들을 수 있는 곡이라는 생각에서다. 싱잉 랩에 대해서 간단히 설명하자면 말 그대로 가창하듯이 부르는 랩을 뜻한다. 일반적으로 힙합에서의 랩은 '부른다'기 보다 '뱉는다'가 좀 더 정확한 표현인 경우가 많다. 그런데 이 〈몽환의 숲〉은, 도입부의 피아노 반주에서부터 시작해서 제목처럼 '몽환적'인 무드 안에서 리듬을 탄다. 보통은 후렴구 정도는 랩이 아닌 가창으로 이루어지는 경우가 많은 데 비해 이 곡은 곡의 모든 가사가 랩으로 구성되어 있다. 그래서 후렴구 부분에 배치된 랩이, 우리가 익히 알고 있는 바로 그 싱잉 랩 파트다.

하늘에 날린 아드레날린 하나도 화날 일
없는 이곳은 그녀와 나 파랑새만이
육감의 교감으로 오감 따위는 초월해 버린 기적의 땅
쉿! 몽환의 숲

후렴구에서는 다른 변화를 주지 않고 오로지 이 네 줄의 가사만을 두 번 반복한다. **하늘에 [날린] 아드레[날린] 하나도 화[날 일]** 이런 식으로 랩의 가사가 리듬을 따라간다. (여기서 누군가는 이미 기억해 냈는지도 모르겠는데) 〈몽환의 숲〉이 또 다른 노래와 다르게 쩔어주는 지점이 있었으니 바로 '랩 only' 받고 〈몽환의 숲〉을 의미하는 것으로 추측되는 'paradise'를 제외한, 모든 가사가 한글로 이루어졌다는 거다. 어떻게 랩 가사에 이렇게 영어를 섞지 않고 쓸 수 있지?

한글은 비단 랩뿐만이 아니라 가사를 쓰기에도 난이도가 있는 언어다. 한국형 발라드 같은 곡은 그나마 좀 덜한 편인데, K-POP의 주류인 아이돌 댄스곡들은 이게 정말 쉽지 않다. 애초에 데모가 영어로 붙어 오는데 영어는… '곡선'의 언어처럼 부드럽게 흘러가는 듯 다가오는 반면에 한글은 곡선보다 '직선'이 더 많은, 모서리를 갖고 있는 듯한 글자가 많은 언어이기 때문이다. 곡선으로 이루어진 퍼즐에 직선 조각을 욱여넣으려고 해봤자 쉽지 않을뿐더러, 욱여넣더라도 이미지나 결이 비슷한 말을 붙였을 때의 맛을 따라가지 못하곤 한다. 2010년경, 엔터에서 최대한 한글화된 가사를 우대(?)하던 시절이 있었다. 이게 그냥 밑도 끝도 없이 글자수만 맞고 한글로만 쓰여 있으면 되는 게 아.니.고. 영어로 된 데모 가사에 이질감 없이 녹아드는 한글 가사여야 사랑받았다. 예를 들면 이런 식. 데모에 붙어 있던 영어 가사가 [the moon]이라면 이 자리에 [(~가) 저문]이 붙는 거다. 발음으로는 영어 데모와 이질감이 없으면서! 곡의 분위기와도 잘 맞으면서! 발음이 쉬우면서! 근데 단어가 너무 낡거나 저렴하지는 않으면서! 낯설지만 익숙하면서! **알**아서 **잘 딱 깔**끔하고 **센스** 있게 붙으면서 등등… 이러한 요건들을 충족시키면서 나오는 것이 요즘의 K-POP 가사다. (그러니까 가사도 많이 사랑해 주세요!) 발음 한 끗 차이로 가창의 질이 달라지는 것을 몇 번이고 보아 온 덕분에, 이제는 자유롭게 내 마음대로 쓰는 것이 더 어려워진 가운데.〈몽환의 숲〉처럼 오직 한글만으로 이루어진, 그것도 곡 전체가 랩인 곡은 나에게 경이로움 그 자체다. 심지어 내가 이 노래를 싸이월드에 걸어 두었던 시절에는 곡이 전체 한글 가사인 것을 의식하지 못했다. 이제야 알아보다니. 그때만 해도 제가 어렸습니다, 키네틱플로우 숙배님들.

너희가 힙합을 아느냐

고3에 작사가로 입봉한 후 대학생이 되었을 때는, 요즘 팬덤식 단어로 '아기 작사가'가 되어 있었다. 학교에서 주로 어울리던 친구들은 내가 작사를 한다는 것을 알고 있었는데, 이 소식은 사부작사부작 퍼져나가 내가 친구를 넓게 두루두루 사귀는 스타일이 아님에도 오래지 않아 널리 알려졌다. 무려 그때는 'SM 전속' 작사가였으니 그럴 만도 했다. 하여튼, 또 타고 나기를 은은한 관종이라, 겉으로 보기에 제법 '어엿한' 작사가처럼 보였으면 했다. 음악에 대한 센스도 좀 있어 보였으면 했다. 그러다 보니 자연스레 그 시절 SNS 원톱이었던 싸이월드, 정확히는 싸이월드 BGM에 공을 들일 수밖에 없었다. 도토리에 돈깨나 썼다는 뜻이다. 참 도토리도 그렇고 게임상에서의 재화도 그렇고. 그 안에서 통용되는 화폐를 만들어 놓으니 내가 얼마를 쓰고 있는지도 모른 채 도토리 5개 단위로 의식 없이 돈을 쓰게 된다. 그렇게… 나는 도토리 몇 개 산 기억뿐인데 카드 명세서에는 하염없이 결제만 해온 사람이 되고. 그래도 음악은 남았으니 그걸로 되었지. 그 많던 나의 싸이월드 플레이리스트에서 〈몽환의 숲〉은 꽤 오래, 자주 걸리곤 했던 곡이다. 지금이야 가사를 보거나 쓸 때 '일'로 접근하게 되어 너무 감정에 취하지 않으려고 되뇌지만, 그때는 그런 게 없었으니까. 곡이 이끄는 만큼 그냥 흠뻑 나를 내맡겨도 되었었다. 음악을 '듣기에' 참 좋은 시절이었다.

앞에서 이야기했던 힙합 노래 가사들이 구체적인 상황이나, 메시지를 선명하게 담고 있는 것에 비해 〈몽환의 숲〉은 말 그대로 '느낌적인 느낌'으로만 접근한 내용의 가사다. 여긴 어디고 나는 누구인지, 너는 누구인지, 우리는 어떤 관계인지 같은 내용이 구체적인 단어로 표현되기보다는 은유적이고, 감상적인 말들로 서술된다. 거기에 무려 깔린 피아노 반주는, 피아니스트 이루마의 연주이니. 이 노래는 아주 시작부터 끝까지 '어디 갬성 한 번 때려먹어 보자!' 같은 느낌으로 똘똘 뭉쳐 있다. 가사 자체도 마치 한 폭의 파스텔화를 보는 것처럼 아름다웠다. 단어의 배열이나, 단어들을 발음할 때 들어가는 입김과 벌어지는 입술의 크기까지 모든 것이 조화로웠다.

이 새벽을 비추는 초생달

오감보다 생생한 육감의 세계로

보내주는 푸르고 투명한 파랑새

술 취한 몸이 잠든 이 거릴 휘젓고 다니다

만나는 마지막 신호등이

뿜는 붉은 신호를 따라 회색 거리를 걸어서 가다 보니

좀 낯설어 보이는 그녀가

보인 적 없던 눈물로 나를 반겨

태양보다 뜨거워진 나 그녀의 가슴에 안겨

창가로 비친 초승달 침대가로 날아온 파랑새가 전해준

그녀의 머리핀을 보고 눈물이 핑 돌아

순간 픽 하고 나가버린 시야는

오감의 정전을 의미 이미 희미해진 내 혼은

보랏빛 눈을 가진 아름다운 그녀를 만나러 파랑새를 따라

몽환의 숲으로 나는 날아가

단둘만의 가락에 오감의 나락에 아픔은 잊어버리게

내 손은 그녀의 치맛자락에

어딘가 섹시한 느낌이 들기도 하는데, 성적으로 다가오기보다는 뭔가 포근하고 따스한 느낌이다. 참 한결같게도, 나는 아름다운 것을 좋아한다. 물론 아름다움에 여러 가지 형태가 있지. 비참함에서 오는 아름다움도 있고, 음습함이 주는 차가운 아름다움도 있고. 아픔에서 오는 아름다움도 있다. 이 구역의 오타쿠답게 다양한 탐미적인 시각을 두루두루 좋아하는데, 그래도 대중이 선호하는 '아름다움'은, 보이지도 드러나지도 않지만 무언의 합의 같은 것이 있으니까. 이렇게 그림 같은 아름다움을 가사에서 만나버리면 무지성으로 빨려들 수밖에 없는 것이다. 언젠가 작사가로서 기술이 더 늘면 이렇게 아름다운 랩 가사를 쓸 수 있을까? 언제나 목표는 높게 잡지만 아직은 흔들림 없이 한 곡 한 곡 밟아가는 일도 꽤 많은 노력을 가해야 한다. 만으로 20년을 해온 일이지만 여전히 나는 욕심이 많고. 마음에 쏙 드는 데모를 받으면 어떻게든 잘해내서 내 곡으로 만들고 싶고. 하지만 그것이 녹록지 않은. 슬럼프인 듯하다가도 어느 순간 괜찮다는 말을 끊임없이 반복한다. 그러니 작사가 지망생뿐 아니라 사회에 처음 발을 들인 친구들도 오늘의 어려움에

너희가 힙합을 아느냐

너무 매몰되지 않았으면. 마냥 빠져들 수밖에 없었던 〈몽환의 숲〉처럼, 지극히 아름다운 것을 마주하는 순간은 반드시 오니까. 그걸 따라 걷다 보면 고단한 순간도 어느새 지나게 될 것이니까.

아직 남은 얘기들은 여기 두고 갈게
나는 다음 달을 기약하며
아픈 가슴 추스린 후
그리지 못하는 그림이라도 널 머리에 그리기엔 충분해
매일을 흥분에 차 보낼 모습이 눈에 훤해
다시 만날 날엔 파랑새는 보내지 않아도 돼
그전에 눈앞에 나타나 꽉 안아줄 거야
오감의 세계에선 오 감히 볼 수 없었던
너와 나 단둘만의 Paradise

그럴 때 우린 이 노랠 듣지

1판 1쇄 인쇄 2022년 7월 6일
1판 1쇄 발행 2022년 7월 20일

지은이 조윤경

발행인 양원석 **편집장** 박나미 **책임편집** 이정미
디자인 남미현, 김미선 **영업마케팅** 조아라, 신예은, 이지원, 정다은

펴낸 곳 ㈜알에이치코리아
주소 서울시 금천구 가산디지털2로 53, 20층 (가산동, 한라시그마밸리)
편집문의 02-6443-8827 **도서문의** 02-6443-8800
홈페이지 http://rhk.co.kr
등록 2004년 1월 15일 제2-3726호

ISBN 978-89-255-7787-6 (03810)